丁红/编著

三国人物攻略

SANGUORENWUGONGLüE

孙权

SUNQUAN

与英雄一一“握手”，研习智慧谋略；
涵养从容气度，睿智面对生活。
有道是：少必读《三国》！

全国百佳图书出版单位
时代出版传媒股份有限公司
黄山书社

图书在版编目（CIP）数据

三国人物攻略·孙权 / 丁红编著. —合肥：黄山书社，2013.3

ISBN 978-7-5461-3490-1

Ⅰ.①三… Ⅱ.①丁… Ⅲ.①历史故事-作品集-中国-当代 Ⅳ.①I247.8

中国版本图书馆 CIP 数据核字（2013）第 052199 号

三国人物攻略·孙权　　编　著：丁　红

出 版 人：任耕耘　　责任编辑：张向奎　代立媛

责任印制：李　磊　　装帧设计：自然卷

出版发行：时代出版传媒股份有限公司（http://www.press-mart.com）

黄山书社（http://www.hsbook.cn/index.asp）

（合肥市翡翠路 1118 号出版传媒广场 7 层　邮编：230071）

经　销：新华书店　　营销部电话：0551-63533762

印　制：三河市杨庄双菱印装厂　　电　话：0316-3650395

开本：787×1092　1/16　　印张：10　　字数：100 千字

版次：2013 年 7 月第 1 版　　2013 年 7 月第 1 次印刷

书号：ISBN 978-7-5461-3490-1　　定价：20.00 元

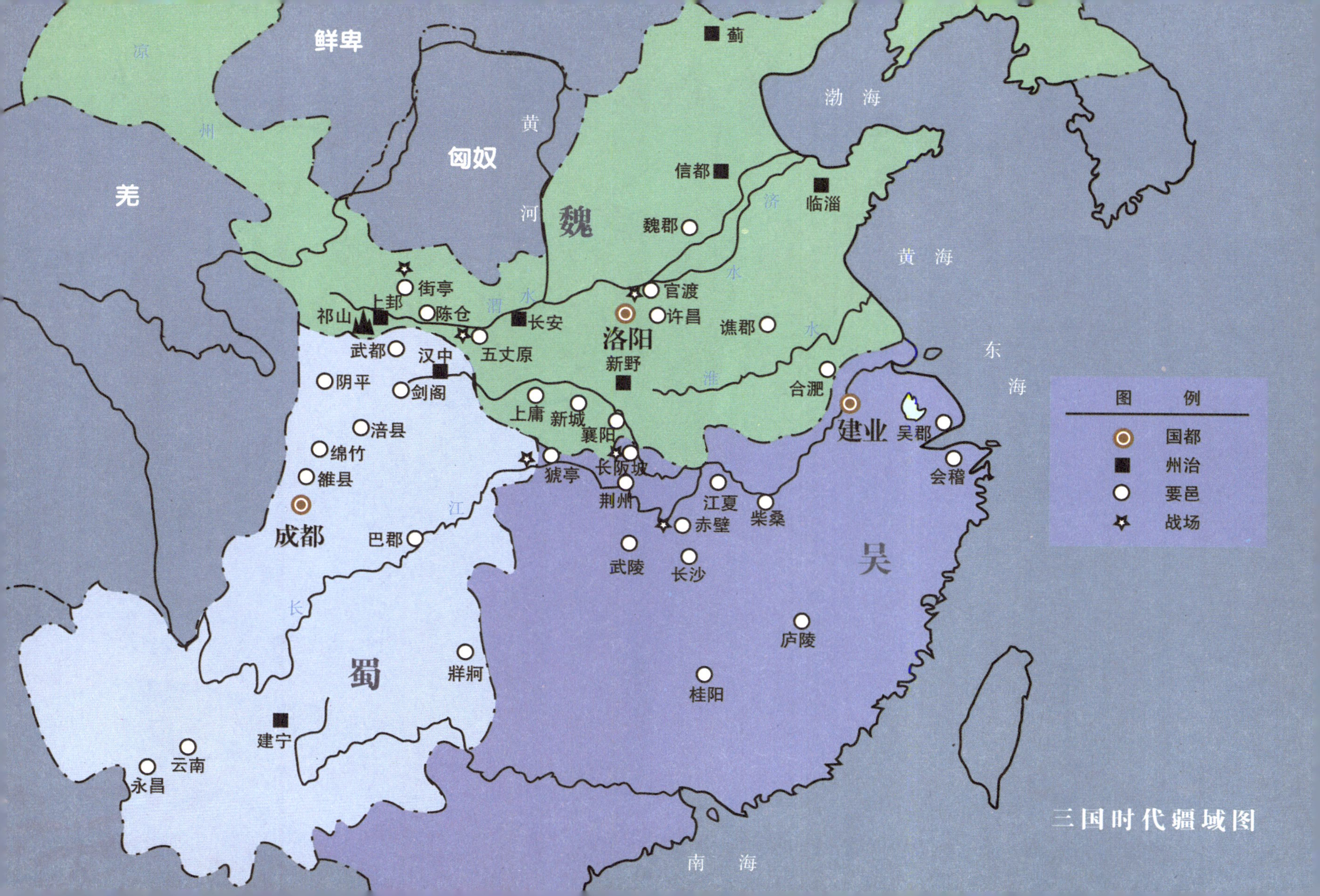

鲜卑
匈奴
羌
魏
蜀
吴
蓟
渤 海
黄
河
信都
临淄
魏郡
济
水
黄 海
东
海
街亭
上邽
祁山
陈仓
长安
五丈原
官渡
许昌
洛阳
谯郡
新野
合肥
建业
吴郡
会稽
武都
汉中
阴平
剑阁
上庸
新城
襄阳
长阪坡
荆州
涪县
绵竹
雒县
猇亭
江夏
赤壁
柴桑
成都
巴郡
江
武陵
长沙
庐陵
桂阳
牂牁
建宁
云南
永昌
南 海
图 例
国都
州治
要邑
战场

三国时代疆域图

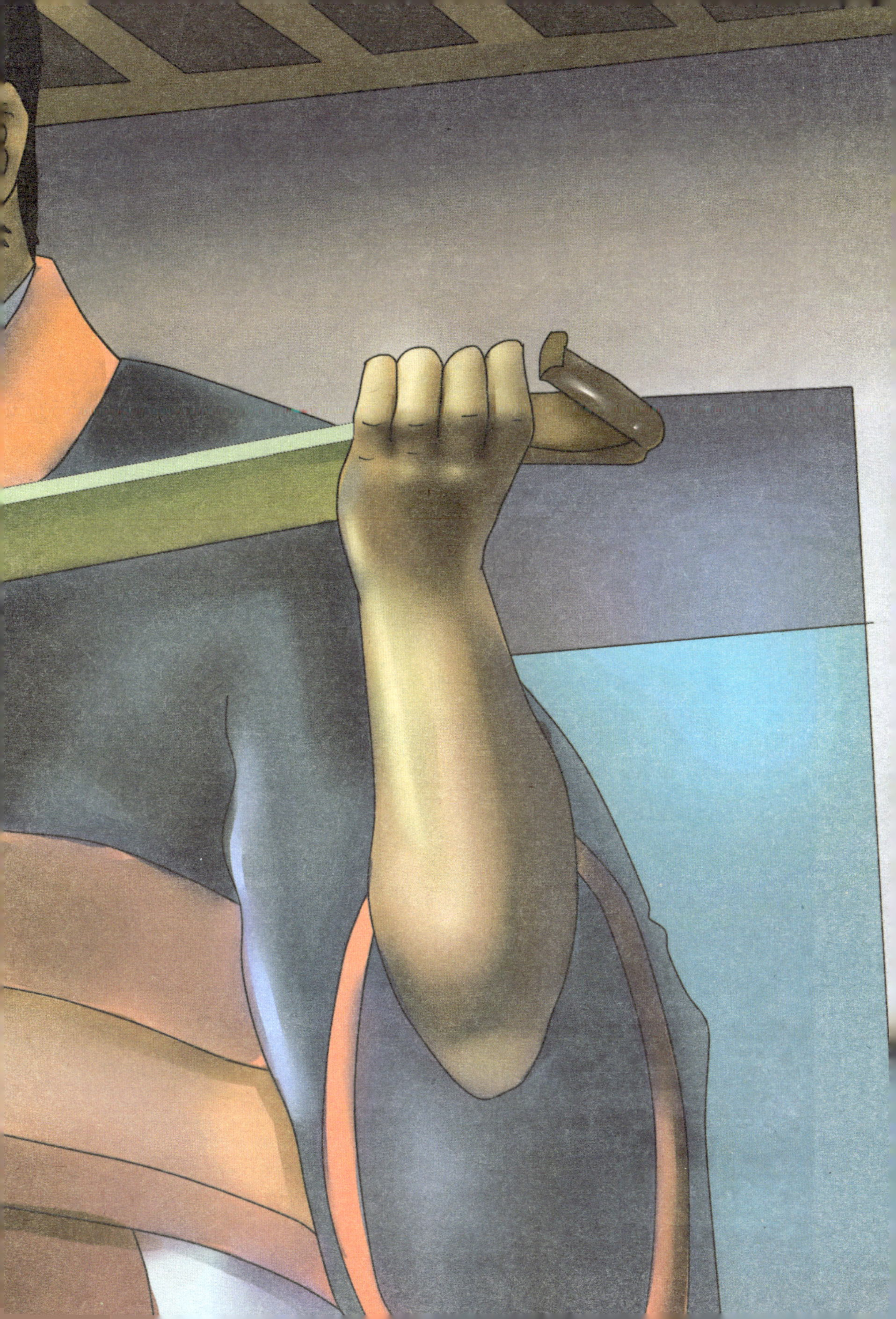

少必读《三国》

少不读《水浒》——血气方刚，戒之在斗。

老不读《三国》——饱经世故，老奸巨猾。

喔，那么少该读什么？

少年必读《三国》！

少必读《三国》，能让我们获得深沉的历史感。透过历史，我们可以窥见王朝的兴衰更迭，征讨血战；可以知晓历史事件的波诡云谲，风云际会；可以仰慕历史人物的音容笑貌，风采神韵。历史，让我们和古人“握手”，给我们茫不可知的人生以种种启迪。在历史的长河里，我们能判断现在的位置，明白我们发展的方向。有历史感的人，在行事上常常会胜人一筹，因为古人已为他们提供了足够的经验。

少必读《三国》，能让我们学习古人的处世方式。现在，我们

正值青春年少，活动的范围早已不仅仅局限在家庭和学校中，一个更广阔的社会出现在我们面前。从此，在社会中，我们将独立面对形形色色的人和事。从《三国》中，我们可以习得古人的处世之术。例如刘备，论文韬武略皆不如曹操、孙权，但他却善于知人、察人、用人，他对关、张用桃园结义之法，对孔明则三顾茅庐，对投降的赵云、黄忠也大加重用，正是有五虎上将对他的拥戴，才使他称雄一方。试想，他若摆出主公的骄横霸道，还会受到部下的衷心拥护吗？

少必读《三国》，可以让我们研习古人的谋略。“凡事谋在先”，在《三国》中，大到对天下大事的分析，小到对一场战事的周密安排，无不反映出一千八百多年前古人的智慧。在赤壁之战中，没有周瑜的频施妙计，就不会有火烧曹军的辉煌战果；诸葛亮指挥的战役常能“决胜千里之外”，实际上也是他“运筹于帷幄之中”的结果。《三国》中的谋略博大精深，我们可以从中获得智力启迪，善于这些谋略，对不同的人和事采取不同的方法，我们一定能化解许多人生困境。

少必读《三国》，最重要的是能让我们涵养精神气质。在这些气质中，有经国济世的豪情，有临危不乱的镇定，有安贫乐道的操守，当然还有风流倜傥的潇洒。想想孙权，他刚掌权时只有十八岁，面对父兄创下的基业，他善用旧臣，巩固了政权；面对曹操压境的危势，他果敢决策，击退了顽敌。再联想现在的我们，是不是常有些心智稚弱，做事莽撞，缺乏恢宏从容的气度呢？阅读

《三国》，可以让我们成为光明磊落的君子，而不是畏畏缩缩的小人。一部三国征战史也就是一部人才的斗智史，在《三国演义》中，有各种各样的人，有的人貌似强大却“羊质而虎皮”，有的人貌不惊人却有“救世之才”，有的人内含机谋却不动声色，有的人胸无点墨却自作聪明……对照他们，反观自己，可以判断自己是哪一类人，可以知道怎样来充实自己……

所以，我们在少年时期一定要读一读《三国》。但是，应当怎么样读呢？《三国演义》虽然在当时被认为“言不甚深，语不甚俗”，但我们现在来读已经颇为吃力了。再加上《三国演义》中人物众多，关系复杂，我们常会看得一头雾水。遍寻大小书店，各种版本的《三国演义》虽然不计其数，但真正适合少年阅读的《三国》故事却难以觅得了。因此，这套《三国人物攻略》

就是专写给青春年少的你，我们希望你能从中获得新鲜的阅读经验。

在《三国人物攻略》中，我们以新的编辑角度切入。《三国演义》中的人物成百上千，这套书仅选取了刘备、关羽、张飞、诸葛亮、曹操、司马懿、孙权、周瑜八人，不仅是因为这八人在历史中“戏份”较多，而且还在于他们性格殊异，形象丰满。我们企望以人物为主线来勾勒三国的历史全貌，对人物的丰功伟业也有更全面的了解。在编辑时，我们注重设置“历史场景”，回溯时光，把人物重新推回历史舞台之中，推到事件的紧要关头前，来看看他们是怎样周详安排、从容调度、化解危机的。或许你玩过“角色扮演”的电玩游戏，那么我们希望你在阅读这套书时，把自己想象成书中的主人公，想想自己在彼时彼景中，会怎样处理这一切事情。亦读亦思，从更深的层次上来体验古人的精神生命，是我们编辑的用心。

在编排人物故事时，我们力避重复。但是，一个重大的历史事件常常会同时涉及这八个人物，为了交代事件的前因后果，不得已会重复某些片段。从另一个方面讲，分别以不同人物的眼光来看待同一个历史事件，是非功过皆在其中，也是别有一番趣味的。

在人物故事内容上，我们以《三国演义》为蓝本，还采信了《三国志》中的诸种说法，在文学与历史间作微妙的平衡，既使人物故事起伏跌宕，又使历史事件完整真实。

少必读《三国》。在《三国人物攻略》里，我们将有一次愉悦的纸上电玩游戏，一次深沉的历史时光之旅……

人物简介——孙权

在看《三国演义》时，我们时常会有这样一个疑问：东吴的国力并不是最强的，但却是魏、蜀、吴三国中最后灭亡的，原因何在呢？这跟孙权在江东长达五十年的苦心经营有关。

孙权在兄长孙策猝死，继承江东基业之时，年仅十八岁。凭着自己的睿智与稳重，他先后挫败了老资格的政治家曹操和刘备，不但巩固了东吴的政权，还能与魏、蜀鼎立而三，成为雄踞江东的一代英主，难怪诸葛亮会称他为“聪明之主”，曹操也发出过“生子当如孙仲谋”的喟叹。

在孙权的一生中，曾经历过许多千钧一发的危境，但他每次总能知人善任，化危为安。在曹操率领八十三万大军进犯江南之时，形势对东吴来说十分危急。是战是和，在东吴内部分为两派：以张昭为首的文官主降，以程普为首的武官主战。这时孙权仅二十七岁，面对事关基业的复杂大事，他自我内在的冲突也很激烈。虽然从内心而言，他不愿投降，但如果战败，后果更是不堪设想。在关键时刻，他听取鲁肃、诸葛亮、周瑜的谏言，做出了抗曹的决策。而且，一旦决策，便不再有任何的犹豫和迟疑，将抗敌之事全权交与周瑜负责，为赤壁之战的胜利打下了基础。刘备为给关羽报仇，亲率七十余万人马下江东，其声势之浩大，不亚于曹操，在初战不利之时，孙权陷入了欲和不能、欲战不胜的困境，这时，他果敢起用毫无资历的陆逊为都督，全盘主持抗蜀之事。事实证明，孙权的选择是完全正确的，夷陵之战，东吴再次取得辉煌的战绩。这些都能看出孙权的决策能力，这种决策能力还表现在他能在众说纷纭的意见中，依据自己的判断，择善而从。

善于决策的孙权，同样也善于识人和用人。他委周瑜以大任，纳鲁肃于凡品，拔吕蒙于行伍，起陆逊于危时，不断起用年轻的将领，放手让他们大胆去干，这样的选择每次都有一定的冒险性，但每次都证实是正确的。周瑜取得赤壁之战的胜利，鲁肃提出三足鼎立的战略，吕蒙智取荆州，陆逊火烧连营，东吴四帅，一代胜似一代，对东吴的发展贡献良多。孙权还十分懂得用人之道，下马等候鲁肃，为周泰敷伤，筑坛拜陆逊为都督，这些都能使部下深受感动，令他们“倾心竭志以求其死力”。

因此，拥有这么多的杰出人才，又有孙权这样任人唯贤、从善如流的君主，三国时代东吴独霸一方，就不是什么奇怪的事情了。

主要人物表

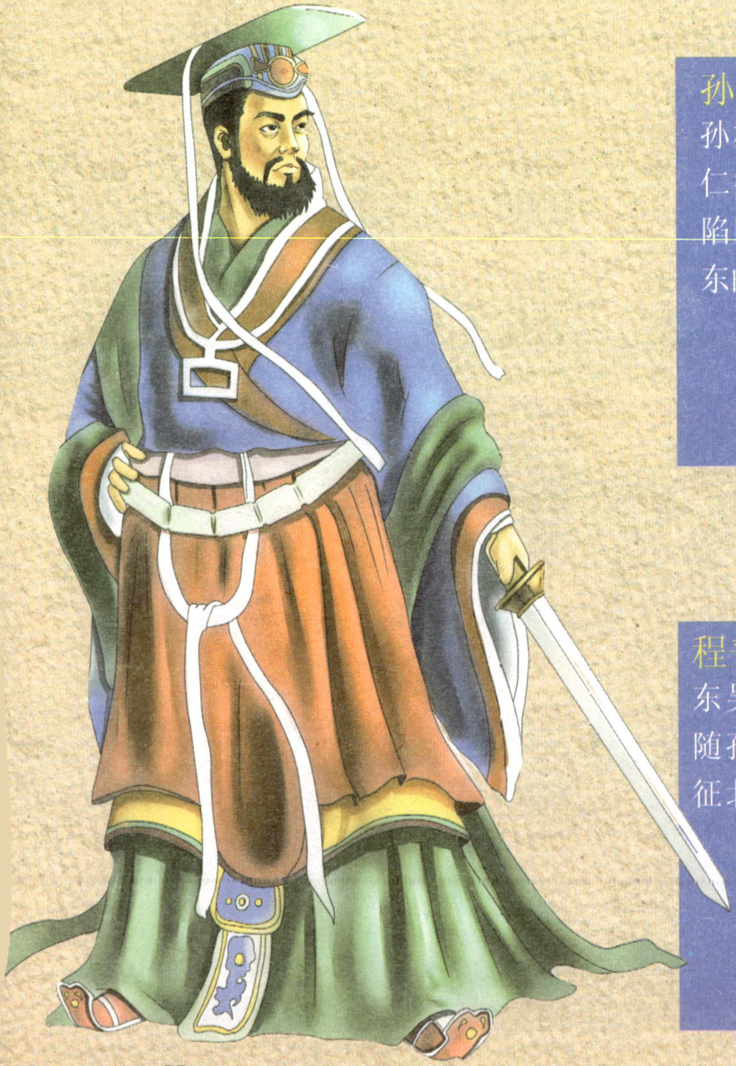

孙权 字仲谋，吴主。知人善任，果敢刚毅，最终成就江东的霸业。

182～252
出生地：吴郡富春县
职　位：讨虏将军→大将军→吴王
所　属：吴

孙策 字伯符，孙权之兄，勇猛仁德，善于冲锋陷阵，初建了江东的基业。

175～200
出生地：吴郡富春县
职　位：怀义校尉→折冲校尉→讨逆将军
所　属：袁术→吴

程普 字德谋，东吴副都督，跟随孙策、孙权南征北战，战功赫赫。

？～215
出生地：右北平郡土垠县
职　位：江夏太守→荡寇将军
所　属：吴

吕蒙　字子明，在鲁肃之后继任大都督，设计从关羽手中夺回了荆州。

178～220
出生地：汝南郡富陂县
职　位：别部司马→偏将军→虎威将军→南郡太守
所　属：吴

周泰　字幼平，东吴大将，曾两次在乱军中救出孙权，受到孙权的嘉奖。

？～？
出生地：九江郡下蔡县
职　位：宜春县长→平虏将军→陵阳侯→裨将军
所　属：吴

陆逊　字伯言，在吕蒙之后继任大都督，火烧刘备军营七百里，击退了蜀军的侵犯。

183～245
出生地：吴郡吴县
职　位：抚边将军→镇西将军→辅国将军→大都督
所　属：吴

周瑜　字公瑾，是风流儒雅的东吴大都督。他连施妙计，取得了赤壁之战的胜利。

175～210
出生地：庐江郡舒县
职　位：建威中郎将→偏将军
所　属：吴

甘宁　字兴霸，先为黄祖部将，后为东吴战将，屡建战功，与凌操之子凌统最终和解。

？～？
出生地：巴郡临江县
职　位：西陵太守→折冲将军
所　属：刘表→黄祖→吴

鲁肃　字子敬，在周瑜死后，继任大都督，为蜀、吴同盟的稳定做出了贡献。

172～217
出生地：临淮郡东城县
职　位：东城县长→赞军校尉→横江将军
所　属：袁术→吴

目录

接领江东

东汉末年，由于皇帝昏庸，宦官勾结奸臣掌握朝廷大权。忠臣有的被害，有的被流放，有的感到灰心而辞官隐退。贪官污吏压榨人民，加上水旱灾害连年不断，人民忍无可忍，奋起反抗。

汉灵帝中平元年（公元184年），终于爆发了历史上有名的“黄巾起义”。各地的地主武装乘机而动，在镇压“黄巾起义”的同时，竭力壮大自己的力量。“黄巾起义”被镇压后，他们为了争夺更大的势力范围，连年混战，割据一方。中原大地，一时狼烟四起，烽火连天。

这时，在江南，有一位骁勇善战的将军孙坚崭露头角。他招兵买马，东征西杀，很快在江东站稳脚跟。可是，正当他的事业蓬勃发展的时候，却在讨伐荆州刺史刘表的战争中阵亡。几年以后，他的长子孙策继承父志，带着弟弟孙权，转战江东，很快夺取了江东六郡，奠定了以后东吴独霸江东的基础。

汉献帝建安四年（公元199年），孙策奇袭皖城（今属安徽），大败庐江太守刘勋，凯旋回到江东。只见旌旗招展，号带飘扬，少年英武的孙策、孙权兄弟俩并马而行，银盔银

甲映着日光，猩红的斗篷迎风飘摆。谋士张昭率众多官员迎出城外，上前祝贺。孙策很高兴，下令犒赏三军，在府中设宴款待群臣。顿时全军一片欢腾。

明烛高照，舞乐阵阵，杯觥交错，笑语声声。孙策环视着左右文武。这里有追随父亲多年的程普、韩当、黄盖；有新近投军、英勇善战的蒋钦、周泰、凌操、陈武、太史慈；有号称“江东二张”的谋臣张昭、张纮，文武荟萃，何愁霸业不成。孙策看着孙权笑道：“仲谋（孙权的字），你看，这在座的各位，以后都是你的将领啊！”孙权猛听此语，心中顿时掠过一丝阴影，暗想，哥哥刚刚二十五岁，正是少年得志、青春有为之时，没有进取争霸之言，却有转托大事之意，这句话多么不吉利啊！但他仍然装出高兴的样子说道：“兄长，这次打败刘勋，多亏了众将军英勇杀敌。我们不如乘士气正旺的时候，拿下豫章（今江西南昌），再攻取荆州，回军转占扬州，就可以全部占有长江天险，独霸江东。”孙策一听，非常高兴，就命令谋士虞翻明日即去豫章下战书。宴会结束后，孙策、孙权兄弟去给母亲吴太夫人请安。太夫人看着面前已长大立业、英姿勃勃的儿子，仿佛又见到英年早逝的丈夫的风姿，心头又悲又喜，百感交集。

没过多久，豫章太守华歆因为惧怕孙策的威势，递上了降书。孙策因此更是声威大震，便派张纮去许都上表告捷。此时已掌握朝廷大权的曹操正忙着和袁绍打仗，无力顾及江东，得知孙策的势力迅速强盛，无可奈何地叹道：“孙策是一头称霸的小狮子，很难和他一争高低啊！”为了笼络孙策，他把曹仁的女儿嫁给孙策的小弟孙匡。但是，他不愿授予孙策所要求的大司马官职，以防孙策如虎添翼、名正言顺地扩大势力。他同时还把孙策的得力谋士张纮留在许都。孙策得知这些消息，非常生气，召集众将商议讨伐曹操，并决定乘曹操、袁绍官渡争战的时机进攻许都。

这件事传到吴郡太守许贡耳中，许贡秘密派人去给曹操送信，信中说："孙策像西楚霸王项羽一样骁勇善战，朝廷应表面上给予奖赏，把他召回许都，以免他驻守外地，成为祸患。"谁知使者偷偷渡江时被孙策的巡江卫士抓获，搜出密信，押送帅府。孙策看完密信，气得立刻把使者杀了，然后佯装无事一样，请许贡到帅府议事。他冷冷地对许贡说道："像我孙策这样的人，就应该被召回许都做官，驻守外地就难免生事，你说是不是？"许贡心中惊疑，一时不知如何回答。孙策猛地将密信甩在他的面前，大声喝道："你想置我于死地吗？"许贡张嘴要分辩，孙策即命令武士把他拉出去绞死。许贡的家人闻讯四散奔逃。唯他的三个最亲密的家人却时时想刺杀孙策，为许贡报仇，只是一时找不到机会下手。

秋风初起，树叶飘落。建安五年（公元200年）秋天，孙策带着一班人马在丹徒（今江苏丹徒）的西山打猎。树林中蹿出一只大鹿，孙策纵马赶了上去。枣红马一溜飞跑，不知不觉已将程普等人甩得不见踪影。大鹿跑进树林，孙策紧追进去寻找，猛地发现树林中有三个神色古怪的人，身穿黑衣，持枪带弓站在一边，一动也不动。孙策感到很奇怪，勒住战马问道："你们是什么人？"中间一人恭恭敬敬地答道："报告将军，我们是韩当将军的部下，在此打猎。"孙

策这才放下心来。他正想再去追鹿时，边上的一人猛地挺枪向他大腿扎去。孙策大吃一惊，急忙抽出佩剑从马上砍去，可是他的剑刃不知为什么突然断了，只剩下光秃秃的剑柄握在手中。孙策情急之中往前一纵马，又一枪正扎在马身上，马疼得一声嘶叫，差点将孙策甩掉下来。这时又有一人拈弓搭箭射来，正中孙策的脸，孙策大叫一声，咬牙拔下脸上的箭，取弓回射放箭的人。那个人被射倒了，可另外两个刺客却乘机冲到孙策身旁，一边举枪往孙策身上乱扎，一边大叫道："我们是许贡的家客，特来为主人报仇！"孙策血流满面，两眼模糊，手中又没有别的武器，只好用弓抵抗，边打边走。两个刺客面目狰狞，如影随形跟定孙策，拼命用枪搠他。孙策身中数十枪，血染红了战袍，马也受了重伤，无力奔跑，眼看孙策就要被刺死。在这千钧一发的当口，程普带人赶来。孙策大叫："杀贼。"程普一急，飞马上前，砍倒刺客。众军士一齐冲杀，将两人杀死。程普急忙救起孙策，割下战袍为他包扎好，火速送回吴郡（今江苏苏州）治疗。

孙权正在书房研读《孙子兵法》，猛听说哥哥遇刺，大惊失色，手一哆嗦，毛笔落下，染黑了书页。他立刻差人去请神医华佗，然而华佗已经到中原去了，只请来他的徒弟。孙权心急如焚，看看兄长，再看看华佗的徒弟，希望能从医生的脸上寻找到安慰。可是医生摇头叹道："箭头有毒，已经浸入骨中，如果师傅在此，刮骨疗毒可以治好。现在只好请将军静养，不可急躁，若怒气上冲，性命难保。"孙权闻听此言，紧皱双眉。兄长孙策英俊潇洒，平日言谈幽默；只是脾气急躁，没想到现在竟成了致命弱点。他立刻下令，不论军中府中，任何事不许烦扰将军，如果有人违抗命令，立即斩首。同时，派人去中原寻找神医华佗。随后，孙权又吩咐等候在外的程普、太史慈诸将，请他们严守城防，加强巡逻，以防有人乘机作乱。

夜深了，竹枝在风中摇曳。孙权望着昏睡的兄长，英俊的面庞已经浮肿起来，他忍不住掉下眼泪。他忽然想到母亲一定伤心得一夜也睡不着觉，便吩咐侍臣好好看护，起身去安慰母亲。

孙权离开不久，孙策渐渐苏醒过来，只觉得面部十分疼痛。侍臣赶紧上前，低声说道："医生要将军安心静养。"孙策一听，心中焦躁，恨不得伤口明天就好，率兵袭击许县。他命令侍臣："拿镜子来。"侍臣捧上铜镜，孙策拿起镜子一照，只见面部红肿一片，不由得吃了一惊，说道："我已伤成这副模样，还怎么再去建功立业啊！"他猛地摔掉镜子，捶着桌几大叫一声，金疮迸裂，昏倒在地。侍者大惊失色，慌忙去叫孙权。

孙权搀着母亲立刻来到孙策床前，过了一会儿，孙策费力地睁开眼睛看看母亲，看看弟弟，喟然长叹一声："我快不行了。"他令人召来长史张昭，嘱咐道："天下正乱，我们拥有许多英勇善战的将士，还有长江天险，可以大有作为，希望子布（张昭的字）你们好好辅佐我的弟弟。"他又令人取来大印，紧紧抓住孙权的手，叮嘱道："如果论率领江东军马，决战于两军阵前，与天下众诸侯争个高低，贤弟你不如我；可是，如果论举贤任能，使他们各尽其长，竭尽全力来保住江东，我不如贤弟。希望你能牢记父兄创业的艰

难，立大志以创霸业。”孙权哭得气息哽咽，凝视着兄长满怀希望的眼睛，庄重跪下拜接大印。孙策望着母亲，泪流满面：“儿寿命将尽，不能孝顺慈母。现在将大印交给弟弟，还望母亲朝夕教导他。如在内政上遇到疑难问题，可以与张昭商量；在外交上遇到疑难问题，可以问周瑜。母亲，保重。”昏黄的烛光照在孙策渐渐苍白的脸上。霸业未成，生命已尽，孙策含恨而死，年仅二十六岁。

孙权万万没想到哥哥在庆功宴上说的那句话，竟如此残酷地成为现实——“仲谋你看，这在座的各位，以后都是你的将领啊！”兄长的声声笑语似乎还在耳边回响，哥哥潇洒的英姿却再也看不见了。孙权心痛如绞，抚尸大哭。这时他忽然听到有人说：“现在不是将军哭的时候。天下奸邪争逐，豺狼满道，如果只沉浸在失去亲人的痛苦中，就会误了国事。希望将军节哀，一面治理丧事，一面受理军国大事。”孙权抬起头，见张昭正严肃地望着他。孙权含泪回头再次看了兄长一眼，抬手擦去眼泪，走出大门外，换上吉服，在张昭的陪同下巡视全军，接受文武的朝贺。孙权这时只有十八岁，宽宽的脸庞，方正的嘴巴，微微发蓝的眼睛，威严而富有神采，安坐马上，庄重肃然。大家感叹万分，都将希望寄托在他的身上。

天空灰沉沉的，仿佛是让连年战火烽烟熏得没有一丝亮丽的蓝色，孙权带着随从谷利驱马来到长江边，遥望江北，苍苍茫茫，似乎可以看见曹操、袁绍两军厮杀的战场。回视江南，虽然会稽等五郡已掌握在手，可是深山险要的地方还有许多隐患，江南的百姓还没有安宁之日。孙权捧起兄长亲手交付的大印，觉得它仿佛有千斤的重量。江水拍打两岸，发出单调的哗哗声，似乎也在为这位稚嫩少年能否担当如此重任而担忧。孙权抬臂举起大印，望着长江发誓：不忘父兄创业艰难，要使江南安定，百姓安宁。

设馆招贤

孙权继承孙策遗志，开始掌管江东的军政大事。他多么希望有贤士能为他出谋划策，振兴江东。就在这时，侍从报告：周瑜带兵回转吴郡。孙权非常高兴地说："公瑾（周瑜的字）回来了，我还有什么好担忧的呢！"

周瑜是孙策的结拜兄弟，文韬武略，样样精通，是三国时代著名的儒将。孙策攻占江东六郡时，周瑜曾多次出过计谋，立下汗马功劳。所以，孙策派他驻守在军事重地巴丘（今湖南岳阳）。

周瑜听到报告，说孙策中箭受伤，昏迷不醒时，立刻带人赶回来探望。谁知，才走到半路，孙策已经身亡。周瑜心痛欲碎，不分昼夜赶回来奔丧。跪倒在孙策的灵柩前，周瑜放声大哭。吴太夫人出来，命侍从扶起周瑜，将孙策临终的遗言告诉他。周瑜拜伏在地，哭道："周瑜怎敢不为孙将军效犬马之劳，纵然是以死相报也在所不惜！"吴太夫人叹息一声，搀起周瑜。正在这时，孙权走了进来。周瑜拜见孙权，孙权连忙用手拦住，殷切地说道："希望您不要忘了亡兄的遗嘱。"周瑜擦干眼泪，回答："周瑜愿意肝脑涂地，来报答伯符（孙策的字）以知己相待的恩情。"孙权听后非常高兴，请周瑜来到书房坐下，问道：“我现在继承父兄的遗志，请您告诉我应当怎么做。”周瑜毫不犹豫地回答：“自古以来，如果君王能够任用贤才，得到人民的拥护，国家就兴旺；如果君王独断专行，失去人心，这个国家必然衰落。所以，从现在的形势考虑，您应该立刻寻访有雄才大略的人来辅佐您，先立足江东，然后再图霸业。”孙权点点头，说道：“兄长临终时告诉我，有什么事可以与您和张昭商量。”周瑜听后，激动地说：“张昭是一个贤能无私的人，完全可以担当重任，我才疏学浅，恐怕难以担当这样的大任，我愿意推荐一个人来辅佐将军。”孙权连忙问道：“此人是谁？”周瑜说：“这个人叫鲁肃。”并介绍说：“鲁肃胸怀韬略，腹隐机谋，对天下的局势有着清醒的认识，是一个难得的贤士。他很小的时候就失去了父亲，侍奉母亲非常孝顺。虽然家中很富有，他并不把钱财看得很重，经常散发钱物救济贫困的人。当年我做居巢长的时候，有一次带领人马经过鲁肃的家乡，因为粮草供应不足，非常着急。后来，在当地人的介绍下，我来到鲁肃的家中求助。当时，鲁肃家中也只剩下院中的两囷米，每一囷有三千斛。鲁肃就把其中的一囷送给我做军粮。他为人就是如此慷慨。平时他还爱好击剑、骑马、射箭，是一个文武双全的人。当年袁术听说他的美名，曾经派人请他辅佐自己，但鲁肃发现袁术治军不严，见识短浅，成不了大事，就离开袁术，隐居在东城（今安徽定远）。”孙权听说鲁肃是这样一个品德高尚、才华出众的人，不禁啧啧赞叹。周瑜接着说道：“我听说鲁肃有一个叫刘子扬的朋友，最近约他去投效郑宝，鲁肃

正犹豫不定。主公您现在应赶快去聘请他，不然就迟了。”

孙权很高兴，立刻就派周瑜带上丰厚的礼物去聘请鲁肃。孙权说：“假若他不来，我就亲自去请他。”

周瑜奉命赶往东城，来请鲁肃。两人一见面，寒暄了几句，周瑜便开门见山，转达了孙权对鲁肃的仰慕和邀请。鲁肃沉吟了一会儿，试探地说：“公瑾，你来得不巧，我已经答应一个朋友去投效郑宝。”周瑜仔细打量了一下鲁肃，仰天大笑，说：“子敬（鲁肃的字），当年马援对汉光武帝说，‘战乱的时代，不仅君主要选择贤能的大臣，大臣也要选择贤明的君主。’如今又逢乱世，孙将军亲近贤臣，礼遇名士，为人豁达，能够广泛听取别人的意见。当今社会，你比较一下，哪有如此贤明的君主？”周瑜还没有等鲁肃答话，不容置疑地说道：“你今天别考虑投效别人了，和我一起到江东去见孙将军吧。”鲁肃面露笑容，仍没开口。周瑜立刻又说道：“我向孙将军推荐你，可不是为了报答你馈赠军粮的恩情，而是要为国家聘请贤才啊！”鲁肃被周瑜的一片赤诚所感动，表示愿意去见孙权。

孙权听说鲁肃来到，亲自迎出府门，并在府中设盛宴欢迎鲁肃。言谈中，孙权发现鲁肃不仅具有远见卓识，而且为人忠厚，于是非常敬重他。连着几天，孙权不知疲倦地与鲁肃谈古论今，商议军国大事，深感受益匪浅。

有一天，朝会散后，文武百官各自回府，孙权特地留下鲁肃，一边喝酒，一边进一步探讨治国之策。直到晚上，孙权仍留下鲁肃与自己抵足而眠。夜深人静，孙权睡不着，就喊醒鲁肃，问道：“现在汉室统治危在旦夕，四方诸侯争权夺势，根本不听朝廷指令。我继承父兄遗志，渴望能成为齐桓公、晋文公那样的霸主，您有什么好建议吗？”鲁肃摇摇头，说道：“当年汉高祖也想仿效齐桓公、晋文公，尊义帝为王。但他最终没能达到目的。因为项羽的势力太大，权威太重，他想自己当皇帝，就不会让汉高祖成为尊重王室的诸侯霸主。现在，曹操可比当年的项羽，您又怎么可能成为齐桓公、晋文公那样的霸主呢？”孙权聚精会神地听着。鲁肃又说道：“依我的浅见，汉室不可能复兴，曹操也不可能很快被消灭。将军目前只能暂时立足江东，观察天下局势的变化。现在可以乘北方纷争不断的时候，剿除黄祖，讨伐刘表，以长江为天险，进可以兵伐中原，退可以割据东南，然后统一天下，建立帝业，就可以创立汉高祖那样的伟业了。”孙权听到这里，也顾不上穿衣服，从床上跳下，向鲁肃深鞠一躬，说道：“谢谢子敬教诲。”鲁肃心中很受感动。

第二天，孙权送走鲁肃，越想越高兴。这时，张昭来见孙权。张昭一直认为鲁肃年轻，说话有些轻狂，礼节有时也不够周到，所以，他劝孙权不可重用鲁肃。孙权很不以为然，他将鲁肃昨夜的建议详细地告诉张昭，张昭大为惊讶，觉得鲁肃确实见识远大，不由得点头称赞，消除了对他的偏见。孙权重重奖赏了鲁肃，而且还派人送去了很多华丽的衣服、帏帐给他的母亲。

鲁肃亲身体会到孙权能够不拘一格用人，便又将博学多才的诸葛瑾推荐给孙权。诸葛瑾就是大名鼎鼎的诸葛亮的哥哥。孙权像接待贵宾一样地接待诸葛瑾，并且，毫不犹豫地采纳了诸葛瑾的建议，拒绝帮助袁绍去攻打曹操。诸葛瑾见孙权虽然年轻，但谦虚好学，礼贤下士，胸怀坦荡，办事果断，便又推荐一个贤士顾雍给孙权。顾雍为人寡言少语，从不饮酒，办事严肃认真，光明正大，孙权便派他做执法官，顾雍果然很称职。为了广泛召集天下贤才，孙权特地在吴郡开设了一个招贤馆，委托顾雍负责接待各路贤人。

曹操听说孙策已死，顿时感觉去了一块心病。他又听说孙权只有十八岁，便想乘机发兵，消灭江东势力。张纮听到

这个消息，大吃一惊，立即赶去劝曹操，他说：“孙策刚死，乘着别人办丧事的时候去讨伐人家，是不仁义的。您这样做，就会失去民心。如果不能立即消灭孙权，原来的盟友就变成了仇敌。丞相不如借这个机会，加封孙权，孙权必然很感激您，天下人也会认为您是个仁义的丞相。”曹操感到张纮说得很有道理，便打消了进攻东吴的念头。他还上奏天子封孙权为讨虏将军，就派张纮带着将印去江东宣旨。

孙权听说张纮从许都回来，特别高兴。他请张纮留在江东，与张昭共同管理政事。张纮感慨地说道：“孙策将军的知遇之恩，我还没有报答。这次回来，我就不打算回去了。”孙权便请他先帮助顾雍接待四方宾客。自从招贤馆开设以来，很多谋臣良将听说孙权虚怀若谷，是个贤明、胸怀大志的人，便纷纷前来投奔，一时间，顾雍都忙不过来。江东文臣武将，灿若群星，共同辅佐孙权，壮大了东吴的势力。

孙权接管江东不久，庐江太守李术欺负孙权年幼，起兵叛乱。孙权接到报告，果断设计断绝了李术的后路，一举消灭了他。首战告捷，使江东群臣对孙权的信心大增。从此孙权深得人心，威震江东。

痛失爱弟

孙权得到周瑜、鲁肃、张昭等人的辅佐，几年中，剿灭了东吴境内的各处山贼，势力不断增强。在江上，仅大型战船就有七千多艘。孙权念念不忘讨伐荆州，报杀父之仇。他任命周瑜为大都督，总领江东水陆军马，加紧操练。建安八年（公元203年），孙权传下将令，各地整顿军马，准备好粮草，准备起兵讨伐黄祖。

孙权的弟弟，丹阳太守孙翊当时正在吴郡探望母亲，听到这个消息，立刻来见孙权，坚决要求和他一起出征。当年孙策临终的时候，张昭曾经劝孙策考虑将江东兵权交给孙翊。但孙策认为孙翊只是个好领袖，而孙权宽厚大度，善于用人，能成为一个好将领，所以将兵权托付给了孙权。孙权非常喜爱这个英俊勇敢的弟弟，令他带军马镇守丹阳。但孙翊特别爱喝酒，喝醉了就鞭打士卒。孙权曾苦口婆心地劝他多次，要他善待士卒，孙翊很惭愧，已经改了很多。现在，孙权见弟弟急切要求出征，便摆摆手说："不行，你一喝醉，岂不误事。"孙翊急了，发誓再不喝酒。然后又恳求道："二哥，让我去吧。当年，父亲和大哥打江山的时候，我还小，没能和他们一起战斗。这几年只是镇压几个山贼，

二哥你还命令要安抚他们，不能轻易杀害。可惜小弟一身好武艺，至今没有用武之处，把我憋得够呛。这次，我一定要跟你一道去为父亲报仇。”孙权见孙翊求战心切，他说：“你去也行，只是丹阳是军事要地，你要将一切事务安排妥当，然后带人马来听我调度。”孙翊非常高兴，立刻辞别孙权，赶回丹阳布置军务。

孙翊回丹阳后，没有回音，孙权感到很纳闷。一天，孙权正和周瑜商量西征的具体事务，忽然，侍从报告丹阳使者到。孙权顿时一愣，果然，使者带来了不好的消息：孙翊将军被害。孙权以为自己听错了，紧接着又问一句：“什么？”使者重复说道：“孙翊将军被人谋杀了。”

原来，孙翊回到丹阳，立刻召集各县县令和手下的各位将领前来议事，将西征任务布置完后，晚上设宴招待众将领。

孙翊手下有两员大将，一个叫妫览，一个叫戴员，以前是庐江太守刘勋的部下。刘勋被孙策打败后，他们投降了东吴。孙翊喜爱他们的英勇，将他们当做心腹。可是，这两人一心要为刘勋报仇，图谋暗害孙翊；还拉拢孙翊的侍从边鸿，结为心腹。但孙翊平时很警惕，不仅身披铠甲，而且时时刻刻带着防身的佩剑，所以他们一直没敢下手。宴会那天，孙翊不听夫人徐氏的劝告，没有穿上护身内铠。酒席宴上，孙翊因为心中高兴，忘了孙权的嘱咐，不知不觉又喝多了酒。宴会散了，孙翊起身送客，佩剑落在座位上，都没有察觉。妫览、戴员眼看机会终于来到了，便向边鸿发出指示，边鸿心领神会，紧按佩刀，悄悄跟在孙翊身后，来到门外。孙翊忙着和宾客告别，边鸿瞅准机会，抽出佩刀，猛地从背后砍向孙翊的头部。孙翊酒醉，反应迟钝，最后死在叛徒手中。宾客当时一阵大乱。妫览、戴员抽出刀剑，喝令大家不许动。同时立刻派人将边鸿抓起来。边鸿大叫冤枉，一边挣扎，一边大叫："是妫览、戴员叫我干的！"妫览气急败坏，不等刀斧手动手，上前一刀砍死边鸿。众将心中怀疑，孙翊的族兄、将军孙河当时就上前责问妫览、戴员，指责他们忘恩负义，恩将仇报。妫览、戴员就命人将孙河将军也杀害了。

孙权听完使者的报告，问了一句："是谁派你来的？"使者回答："是孙高、傅婴两位将军。"孙权命使者退下，心中又痛又恨，痛的是爱弟无辜惨遭杀害，恨的是妫览、戴员两个贼子竟敢下此毒手。周瑜当即表示要带兵前去丹阳镇压叛乱。孙权摇摇头，毅然决然地说："公瑾，你在这里驻守。我亲自带兵去丹阳。"孙权吩咐侍从暂时封锁消息，不要让母亲吴太夫人知道，便立即点齐五千精兵，赶往丹阳。

丹阳城中，此时已经是妫览的天下。他和戴员两人，以保护孙翊家眷为名，带兵闯进孙府。把府中的财产、侍从、丫环一掠而空，占为已有。妫览听说孙翊夫人徐氏貌美，早就怀有霸占的心思，便支开戴员，带人闯进后宅。他见徐氏夫人淡妆素裹，如同嫦娥下凡，不禁哈哈大笑，说道："我为你丈夫报了仇，你应当感激我。你如果不顺从我，"妫览"唰"地抽出佩刀，"我就叫你死。"徐氏心中暗想："夫仇没报，妫览十分凶狠，如果和他硬拼，死得毫无意义。不如暂时答应他，拖延时间，再想办法报仇。”想到这，夫人便说道：“丈夫才刚死，我不能现在就跟从您，等到丈夫祭日过后，再成亲也不迟。”妫览觉得徐氏不过是个弱女子，根本逃不出他的手心，便答应了，带兵扬长而去。

徐氏心中又气又悲，沉吟半晌，令总管悄悄召来孙翊的心腹旧将孙高、傅婴二人，请他们暗中调集兵马，在孙翊祭日那天，穿上铠甲，带上锋利的兵器，等候调遣，又请他们派人迅速报告孙权。

孙权得到消息，带人马日夜兼程，终于在孙翊祭日的那天赶到了丹阳。守城的军兵见孙权亲自赶到，权衡一下利害，便打开了城门。孙权下令手下将领立即在全城剿除叛贼，并赦免了守城军士。丹阳城中，飘动着白色的招魂幡。孙权听报妫览、戴员去了孙府，立刻带人赶往府中。孙府中一片哭声，孙权心中涌上一阵阵酸楚，可是，孙翊的灵前，只有前来祭奠的人们在痛哭，根本没有徐氏的影子，也没有妫览、戴员。祭奠的人们见到孙权，脸上露出欣慰之色，不知内情的人悲愤地告诉孙权，徐氏夫人祭完夫君，令人撤去府中的招魂幡，挂上艳丽的帐幔，她自己也打扮得光彩照人，等着和妫览成亲，妫览、戴员已先后到后宅去了。孙权一听气得直发抖，立刻带人直奔后宅。进入正房一看，孙权大吃一惊，只见徐氏夫人虽然身穿鲜丽的衣服，但脸色苍白地站在桌边，傅婴、孙高两人身穿铠甲，手执刀剑，地上躺着戴员的尸体。三人见孙权来到，赶忙过来拜见，徐氏夫人眼泪止不住地流了下来。孙权命侍女先照顾夫人，忙询问孙高、傅婴是怎么回事。傅

婴、孙高两人这才说出事情的经过。

孙翊祭日的那天早晨，孙高、傅婴接到总管的邀请，便全副武装来到了府中，埋伏在徐氏夫人的内室中。徐夫人祭完丈夫后，怕来客中混有妫览的密探，便什么也没说，只是吩咐人大设酒席，请妫览将军来成亲。

妫览接到密报，说徐氏夫人喜笑自若，毫无悲戚之色，只等将军成亲，便放下心来，带人来到孙府。徐夫人见他带来许多军卒，心中暗暗吃惊，她做出不高兴的样子，说妫览不信任她，结婚大喜的日子，带许多军卒来，不吉利。妫览看到徐氏不高兴，立刻下令叫军士们统统回去。徐氏设宴请妫览入座饮酒，她频频劝酒，妫览左一杯，右一杯，喝得酩酊大醉。徐氏见时机已到，便邀请妫览进内室。妫览来拉徐氏，徐氏闪身躲过，先进了内室，妫览紧跟着冲进内室。徐氏夫人站立桌前，满脸怒气，大叫道："孙高、傅婴两位将军何在！"两人听到，一个箭步从帏幕后蹿出，持刀砍死妫览。徐夫人命令藏好尸体，又令人去请戴员。

戴员本来因妫览支开自己，要独占美貌的徐氏，生了一肚子的闷气，忽听徐氏请他，心花怒放，连忙来到孙府。戴员来到堂上，见徐氏笑盈盈迎上前来，却不见妫览，正要发问，徐氏请他内室讲话。戴员欢喜，抬脚就要进去，只觉身后一阵冷风，急转身一看，见孙高举刀砍来。戴员连忙拔剑抵抗，傅婴从内室冲出，一剑刺中戴员后心，戴员踉踉跄跄，倒地身亡。

孙权听完孙高、傅婴的叙述，心中暗暗赞叹徐氏的智慧和胆识。这时，部将进来报告，妫览、戴员家人和叛乱军卒已全被抓获。孙权命令将他们全部处死，以绝后患。孙权失去爱弟，心中悲痛万分，默默流下了眼泪。孙权隆重安葬了孙翊、孙河，命令孙高、傅婴二人带兵驻守丹阳，把徐氏夫人接回去和母亲做伴。江东百姓听说徐氏设计报了夫仇，也无不称颂她的品德和智慧。

初讨黄祖

建安八年（公元203年）十一月，孙权从丹阳回来后，亲自领兵西征，讨伐黄祖。黄祖是荆州刺史刘表手下的得力部将。刘表与孙权的父亲孙坚有一段解不开的冤仇。

当年，十八路诸侯讨伐董卓时，孙坚是先锋。讨伐军攻占洛阳后，孙坚偶然得到了封建社会皇权的象征物：传国玉玺。他为了占有传国玉玺，托病辞别众诸侯回到江东。袁绍得知传国玉玺落入孙坚手中，写信请刘表在孙坚的归途中截回玉玺。于是，刘表与孙坚展开了一场激烈的战斗。这次战斗，孙坚损兵折将，他自己在程普、黄盖等人的掩护下才冲出重围，回到江东。从此，他极恨刘表。孙坚在江东崛起后，便于汉献帝初平二年（公元191年）起兵讨伐刘表，以报截击之仇。孙坚所向披靡，直攻到荆州城下。后因轻敌，被诱入岘山中，遭乱箭射死。从此，江东与荆州刘表结下了不共戴天的冤仇。

黄祖虽然屡次战败，但他一直是抵抗孙坚、孙策复仇的先锋官。汉献帝建安二年（公元197年），孙策带孙权，亲率三十万大军讨伐黄祖，将黄祖打得落荒逃窜。江东人马攻破了黄祖的根据地江夏（今湖北鄂州），只是没能抓住黄祖，孙策感到非常遗憾。此后，孙策终究没能实现为父报仇的夙愿，遂含恨而亡。

因此，这个重任现在就落在孙权身上。荆州（今湖北荆州）本来就是孙权建立霸业必须占领的军事要地，更何况还有杀父之仇未报。孙权发誓，先除掉刘表的得力爪牙黄祖，再进一步谋取荆州。

黎明时分，江东的军队出发了。几千艘战船起航，逆江而上。密密的船帆几乎把初升的太阳都遮住了。战将立于船头，一个个盔明甲亮，精神抖擞。孙权坐在指挥船上，信心十足。

黄祖听说江东兴兵讨伐，立刻向刘表求援。刘表派侄子刘虎带兵协助黄祖抵抗孙权。黄祖命令刘虎为先锋，两人摆开战船，准备迎战江东军队，辽阔的长江很快成为厮杀的战场。刘虎率兵先向江东船队冲去，被大将黄盖一箭射中肩头，一个踉跄，差点掉进江中。黄盖指挥战船乘胜冲杀。黄祖一看大势不好，率兵前来接应。他一声令下，万箭齐发。江东军士毫不畏惧，手持藤牌护身，驾驶战船冲向黄祖。黄盖看已接近黄祖船只，一手持挡箭牌，一手持铁鞭，纵身一跳，跳到黄祖船上，奋力斩杀阻挡的将士，直奔向黄祖。黄祖当年曾被黄盖活捉过，因为当时要换回孙坚的遗体，才把他放了。所以一看到黄盖，他顿时吓得魂飞魄散，急忙逃到另一艘船上，立刻命令战船撤退。

孙权将手中令旗一挥，江东大军乘势冲杀。大将凌操划着一只小船，身先士卒，第一个冲入敌阵。黄祖的战船逃进夏口（今湖北汉水入长江处），恰逢甘宁前来接应黄祖，甘宁看到凌操已近，从背后抽出雕翎箭，“嗖”的一声射击，正中凌操的咽喉。甘宁指挥船只冲上前去，准备砍下凌操的头。此时凌统大喝一声，奋力迎战甘宁。凌统是凌操的儿子，刚刚十五岁便随父出征。凌统、甘宁两人几乎同时跳到凌操的船上，凌统一边护住父亲的遗体，一边抵挡甘宁。小船晃动得很厉害，两人杀得难解难分。甘宁见江东战船越来越多，担心孤军深入，寡不敌众，在弓箭手的掩护下，逼退凌统，乘机退回大船。凌统见甘宁撤退，向前追赶。但是，江风骤起，战船逆风而上，对东吴非常不利。加上孙权看到又失去了凌操，心中悲哀，只好鸣金收兵。

第二天，天刚亮，孙权就指挥江东军马再次向黄祖的军队发起攻击。这时，黄祖已有准备，他在江边的芦苇丛中埋伏了成千上万的弓箭手。孙权指挥军士正想登岸，只听见芦苇丛中一阵梆子响，乱箭一起射来。孙权急忙命令所有军士躲进舱中避箭，一面下令大小战船后撤。黄祖看见江东战船退去，得意地大笑。可是，没过多久，江东的战船又掉转方向，向岸边冲来。黄祖待他们靠近，又下令军卒放箭，两次射退了江东战船。如此反反复复，三天中，孙权指挥船只冲了十几次，都被江夏军兵的利箭射回。到了第四天，孙权的船队再次向黄祖部队冲杀，黄祖已不以为然，下令“放箭”。可是，军士们纷纷前来报告，箭快用完了。黄祖“啊”的一声惊叫，如梦初醒。这时，他看到江东的战船上插满利箭，后悔也晚了。

孙权发现对方射来的箭越来越少，知道黄祖中计了，军中已经没箭，便命令军士冲出船舱，收下船上的箭只。正巧，这时风向也开始转了，孙权抓住时机，令旗一挥，江东将士一齐放箭射向黄祖的军队。黄祖的军队无力抵抗，纷纷逃跑。黄祖喝令不住，自己也无可奈何地骑马逃跑了。孙权站在楼船上，亲自擂鼓催战，江东将士像怒潮一样呐喊着冲上岸去，乘势追杀。甘宁带领军卒在城门外迎住黄祖，将人马列开阵势，准备迎战。江东军卒借着烟火的掩护，万箭齐发，以强大威势，把黄祖、甘宁击退，他们只好率军回城，死守江夏。孙权指挥军马包围江夏，四面攻打。

孙权强攻江夏，胜利在望。突然使者来报，说吴太夫人

病危。孙权大吃一惊，他对母亲非常孝顺，听罢立刻放弃江夏，火速率军而回。

吴太夫人自从丈夫孙坚死后，含辛茹苦抚育儿女长大成人。眼看着盼到儿子们能继承父志建功立业了，长子孙策、三子孙翊又相继死于非命。吴太夫人中年丧夫，老来又连遭丧子之痛，心中万分愁苦，终于一病不起。吴太夫人觉得自己活不了多久了，便召来周瑜和张昭，对他们说："我本来是吴地人，从小就失去父母。长大后嫁给孙坚，生了四个儿子。生长子孙策时，梦见月亮投入我的怀抱，感到很惊奇；生次子孙权时，又梦见太阳落进我的怀抱中。算命的人说，这两个孩子以后肯定大富大贵。不幸的是孙策过早离开人世，将江东基业转交给了孙权。希望你们同心协力辅佐孙权。这样，我在九泉之下也安心了。"周瑜、张昭拜伏在地，发誓报效孙权。正在这时，孙权从江夏赶回。他跪在母亲的床前。吴太夫人见到儿子，心中非常欣慰。她嘱咐孙权："你要像对待老师一样对待公瑾和子布，不可怠慢了他们。我的妹妹和我一起嫁给了你的父亲，她也是你的母亲，我死以后，你要像对待我一样对待她。你的妹妹你也要好好抚养，长大后，给她找个好女婿。儿啊，江东的事，以后靠你自己掌管，你要谨慎啊。"说完，紧拉着儿子的手慢慢松开，合目长眠了。

孙权厚葬母亲后，仍处在极端悲痛之中，周瑜、张昭百般劝慰，希望他以国事为重。

二伐黄祖

建安九年（公元204年）春天，孙权决定再次讨伐黄祖。他召来文武众臣，商议进兵大事。长史张昭劝道：“主公刚刚失去母亲，守孝还不满一年，最好不要出兵。”孙权还没来得及答话，周瑜说道：“报仇雪恨，就应该抓住有利时机，为什么一定要守孝一年呢？”

这时，平北都尉吕蒙求见孙权，报告了一个意想不到的消息：“我奉命把守江边渡口，忽然发现上游下来几艘快船，原来是黄祖部下甘宁前来投降。”张昭连忙问道：“会不会是诈降？”吕蒙摇摇头：“不会，我仔细询问过他，没有发现任何破绽。”甘宁精通史书，又有一身好武艺，年少时就是一个闯荡江湖的侠客。因为生逢乱世，他曾经聚合了一帮好汉，驾驶船只来往于长江和洞庭湖中，专门抢劫那些搜刮民财的贪官污吏。甘宁的部下，人人腰悬铜铃，来往的官船、商船，听到铃声响起，都吓得远远躲避。甘宁曾经命令用抢来的四川织锦制作船帆，所以，江湖上都称甘宁“锦帆贼”。后来，甘宁觉得自己既身为顶天立地的大丈夫，又有一身高强的武艺，应当建立一番大事业，便放弃抢劫的营生，带领手下人投奔刘表。

刘表对甘宁很好，但甘宁发现刘表徒有虚名，以后不可能成大事，就想离开刘表，投奔江东。谁知经过夏口时，遇见了好朋友苏飞。苏飞在黄祖手下为将，所以，黄祖留住了甘宁。然而，黄祖并不重用他。上一次江东大破黄祖时，黄祖因得到甘宁的救援才保住性命。尽管如此，黄祖仍然看不起他，苏飞多次劝黄祖重用甘宁，黄祖却说："甘宁本领再高，也只不过是一个在江湖上打劫的'锦帆贼'，这种人怎么能重用！"甘宁得知，心中很气愤。苏飞了解甘宁的心事，邀请甘宁到家中饮酒，推心置腹地对他说："我曾经多次向黄祖推荐你，可是他不听。人生短暂，大丈夫生在世上，应当建功立业，你要早作打算，不要虚度岁月。"就这样，甘宁决定离开夏口，投奔江东。可是，他担心自己曾经杀死凌操，江东不会接纳他，所以心中还有些犹豫。

吕蒙继续向孙权说道："甘宁是一个不可多得的将才，为了使他放心，我详细向他说明主公求贤若渴，宽宏大度，不会记恨前仇。更何况当时各为其主，江东决不会因为这件事报复他。甘宁才放下心来，随我来见主公。现在甘宁在外面等候，请主公早作决断。"孙权听罢，非常高兴，对众人说："我得到甘兴霸（甘宁的字），何愁不能消灭黄祖！"张昭连忙劝阻："主公，万一甘宁是诈降，后果严重，还请主公三思。"孙权笑着对他说："子布多虑了。"随后命令吕蒙去请甘宁来觐见。

不一会儿，只见一员大将随吕蒙进殿叩见孙权。孙权见甘宁相貌英武，身材伟岸，果然一副英雄模样，便亲切地对他说："兴霸能来江东，我太高兴了，怎么会记恨以前的事？请你放心，眼下我正准备讨伐黄祖，兴霸有何高见？”甘宁见孙权平易近人，豁达大度，非常感动。他真诚地对孙权说：“现在大汉王室衰弱，曹操以后肯定会篡权自立。荆州是兵家必争的军事重地。刘表目光短浅，缺乏魄力，根本没有什么长远的打算。他的两个儿子智力平常，没有才干，以后必然守不住荆州。您应当趁早攻取荆州，如果延误时机，只怕会被曹操夺去。取荆州当先攻打江夏黄祖，他是刘表的臂膀。此人年老昏庸，自以为是，只知贪图眼前小利，治军无方。他的军队不仅贪图安逸，平时也不操练，没有军规军纪，也毫无战斗力，而且经常掠夺百姓，致使当地人民怨声载道。依我看，您如果现在攻打他，一定能成功。消灭黄祖后，再乘胜西征，占领荆州，进而攻取巴山蜀水，就可以建立霸业。”孙权听了，连声称好，夸道：“兴霸这番话，真使我受益匪浅！”于是，立即命令周瑜为大都督，吕蒙为先锋，甘宁为副先锋，自己亲率大军十万，起兵征讨黄祖。

黄祖听说孙权发兵进攻，急忙聚集众将商议对策。他命令苏飞为大将，陈就、邓龙为先锋，以江夏全部兵力迎击孙权。陈就、邓龙各率一队艨艟船先截住江口，每条船上埋伏了上千名手持强弓硬弩的弓箭手。所有的艨艟船都用很粗的绳索连在一起，成排成排地泊在江上，以阻挡东吴的进攻。陈就、邓龙看见东吴大批战船乘风而来，命令弓箭手做好准备，等到吕蒙、甘宁的先锋部队冲到射程内，陈就擂响战鼓。顿时，密集的利箭飞向东吴的战船。吕蒙、甘宁指挥冲了几次，都被射回，只好退后几里停泊在江上。

甘宁建议说："我们已经开始进攻，不能后退，只能前进。"于是，他挑选了一百多艘轻便快捷的小船，每条船上五十名精兵，二十人划船，三十人身穿铠甲，手执钢刀，准备进攻。吕蒙驱大船接应。甘宁一声令下，带领小船冒着箭雨飞速冲到江夏的艨艟船边。小船上的军士一齐动手，先砍断连接艨艟船的绳索，艨艟船立刻七零八落地散开，在江中随波摇荡，弓箭手在船上站立不稳，箭无法射准。甘宁一个箭步冲上指挥船，一刀砍死邓龙。陈就害怕，跳下一艘小船逃跑。吕蒙在后边看见，也跳到一艘小船上在后面追赶。陈就划到岸边，正欲上岸逃走。吕蒙大喊一声，从自己的船上一步蹿到陈就的船上，当胸一刀砍倒陈就。东吴将士一边冲锋，一边放火焚烧艨艟船，江夏军兵纷纷跳入江中逃命。

当苏飞带领军队赶来接应时，东吴的大队人马已经冲到岸上，像潮水一样涌来，势不可挡。看到这种情形，苏飞只好丢下军队，单枪匹马往荒野逃去，正好遇见东吴大将潘璋，没几个回合，潘璋生擒苏飞，押他来见孙权。孙权命令将苏飞暂时囚禁，等抓到黄祖一齐问斩。这时，东吴将士已冲到江夏城下，不分昼夜，强攻江夏。

黄祖兵败将亡，知道城池也难以守住，就想悄悄离开江夏，逃奔荆州。没想到，当他带领十几个军士刚出东门，没跑多远，就听一声炮响，甘宁横刀立马，面带冷笑拦住他的去路。黄祖知道战不过甘宁，只好说道："我以前对你不错，看在我们多年的交情上，请放我一条生路。"甘宁怒斥道："我往日在江夏时，曾为你立下无数战功。可是你一直把我看做一个打劫行凶的江贼。今天你还有什么好说的！"

黄祖见势不妙，也不费口舌了，掉转马头就逃。甘宁纵马冲开士卒紧紧追赶。眼看就要追上，忽然听到身后响起喊杀声，甘宁回头一看，程普也带兵赶来了。甘宁担心程普会抢他的功劳，立即放弃了活捉黄祖的念头，他弯弓搭箭，一箭正中黄祖后背。黄祖跌落下马，甘宁冲过去，一刀割下他的头，和程普合兵一处，来见孙权。孙权一看甘宁立此大功，特别高兴，命令把黄祖首级暂时装好，等回到江东时，祭献于亡父灵前；孙权还重赏三军，升甘宁为都尉，然后准备留下一批人马驻守江夏。张昭劝道：“孤城不可守，不如暂时回江东。刘表知道我们消灭了黄祖，肯定要来报仇，到时候我们以逸待劳，打败刘表，夺取荆州。”孙权认为张昭这个建议不错，于是放弃了江夏，班师回江东。

当战船顺流而下，快到吴郡的时候，被押在囚车里的苏飞知道死期不远了，暗暗着急。他想办法买通了押解他的一名军卒，要军卒代他向好朋友甘宁求救。甘宁早就知道苏飞被活捉，但还没有找到合适的机会向孙权求情。他见苏飞害怕，便亲自来安慰他：“你即便不派人告诉我，我怎么可能忘了这件事，请再忍耐一下。”当大军到吴郡后，孙权下令要将苏飞斩首，与黄祖的头一起祭献在亡父灵前。甘宁听说此事，立刻求见孙权。他跪倒在孙权的面前，流着眼泪说：“甘宁当初如果不是苏飞救助，早就不知死在什么地方了。现在苏飞虽然对东吴有罪，应该斩首，但我要报答他昔日对我的恩情。我情愿用我的功劳抵消他的罪过，交还您给我的官职来换取苏飞的性命。”说完，不住地磕头。孙权扶起甘宁，说道：“既然他对你有恩，那我看在你的面子上就

赦免他，但是假若以后他逃跑了，那怎么办？”甘宁立刻回答：“您能赦免苏飞，他一定会五体投地地感激您，怎么可能逃走！假若他逃走，我愿将头献给您！”于是，孙权下令赦免苏飞，只将黄祖的头祭献在亡父灵前。

祭祀完毕，孙权设宴招待文武群臣，庆贺这次战斗的胜利。大家推杯换盏，喜气洋洋。突然，座上的一员武将放声大哭，“噌”一下站起来，抽出佩剑，直刺甘宁。甘宁毫无防备，情急中举起边上的一张椅子，挡住锋利的宝剑。众人大惊失色，孙权也吓了一跳，一看正是小将军凌统。

原来，凌统的父亲凌操在孙权第一次讨伐黄祖时，被甘宁射死。今日，凌统见到仇人，恨得咬牙切齿，定要为他父亲报仇。孙权连忙劝住凌统，将他拉到自己身边坐下。孙权对他说：“甘兴霸射死你父亲，当时是各为其主，不能不尽力报效。现在大家已经是一家人了，就不要再去想以前的冤仇了。千万看在我的面子上，别再提这件事。”凌统一听，跪倒在地，一边大哭，一边给孙权磕头，他请求说：“杀父之仇，不共戴天，怎么能够不报啊！”孙权没有办法，和众人一起婉言劝解凌统。凌统瞪着甘宁，眼睛里射出仇恨的火焰。甘宁无可奈何，扭头不去看他。

孙权当天就派甘宁带领五千兵马去镇守夏口，避开凌统。孙权自己才报了父仇，当然知道父仇不能报的痛苦心情，于是，他想尽办法安慰凌统，又加封他官职。凌统见甘宁走了，孙权又一再劝说，只好强压下满腔的愤怒。孙权虽然希望凌统能善罢甘休，但他知道这事太难做到，不觉心中又多了一桩心事。他摇摇头，暂时不去想它，随后命令工匠多造战船，军队加紧操练，准备彻底消灭刘表，完全占领荆州。可是不久，东吴各地的残余山贼又再次造反，孙权只好暂缓对荆州的攻击，先着手围剿山贼。

赤壁破曹

建安十三年（公元208年），曹操基本平定北方以后，拥兵四十万南下荆州。这时，刘表已经死了，他的儿子刘琮惧怕曹操的威势，将荆州献给了曹操。曹操雄心勃勃，在得到荆州后，试图进一步扫平江南，统一天下。孙权听到这个消息，立即召集众位谋士商议抗曹计策。鲁肃说："荆州与我国邻近，土地肥沃，人民富裕。如果我们得到它，完全占据长江，就可以建成帝业。现在，曹操势力强大，只凭江东的力量和他对抗，难以取胜。刘表死后，刘备被曹操打败，逃往江夏。我愿去见刘备，说服他和我们共同抵抗曹操。"孙权赞同，便派鲁肃前往江夏。

鲁肃去后，孙权收到曹操派人送来的亲笔信。信的大意是："我奉皇帝旨意，讨伐奸臣，现在统率千员上将，百万雄兵，想与你联合攻打刘备。事成后平分土地、永结盟好。"孙权看后，紧锁双眉，将书信交给众谋士观看。张昭等人看后，吓得面色苍白，立即向孙权建议："曹操拥有百万雄兵，又假借天子名义征讨四方；而且，主公本来主要依靠长江天险以成对抗之势，现在，曹操占据荆州，位于上游，我们已经失去地理上的优势。如果凭江东的兵力，是绝对抵抗不了曹操的。不如早早投降，使江东百姓免遭战乱之苦。”孙权听后，低沉着声音问道：“你们都这样认为吗？”众谋士你看看我，我看看你，然后同声答道：“子布的话是对的。”孙权环视众谋士，一句话也没说。张昭又劝道：“主公不要再犹豫了。”孙权心想：这些谋士，平时能言善辩，到这紧急关头，除了投降，什么主意也拿不出来。气得他低下头，不再去看他们。谋士们仍在七嘴八舌议论投降的事情。孙权不想再听下去，起身走了出去。众谋士也各自散去。

鲁肃到江夏，会见刘备、诸葛亮，说明联合抗曹的意图，得到他们的赞同。鲁肃和诸葛亮一起来江东共商联合抗曹的大计。

鲁肃回来听说张昭等人劝孙权投降，立刻来见孙权。孙权看鲁肃回来，高兴地拉着他的手说：“子敬，你有什么看法？”鲁肃诚恳地说道：“主公，所有的人都能投降，但您不能投降啊！别人投降了，还照样做他的官，如果您投降，建立帝王之业的大志就不能实现了。”孙权面露喜色，长长出了一口气，说道：“刚才众位谋士的意见，太让我失望了。只有你和我想的一样。这真是老天把你赐给我的啊！这些谋士平时也忠心耿耿的，现在都主张投降，还不知武将想法如何？”鲁肃说：“主公为什么不召他们来商量商量呢？”孙权点头，立刻召见众位武将。

使者还没出门，程普、韩当、黄盖、太史慈、甘宁等一大批武将已在府门等着求见孙权。进入议事厅，武将们听说谋士们劝降，非常生气。程普悲愤地劝孙权说：“我们跟随将军，经过了大小数百次战斗，艰难开创江东基业。主公如果听信谋士的话，投降曹操，那真是太可耻了。我们宁愿战死，也不投降！”孙权非常感动，问各位将军：“你们和程普将军意见一致吗？”黄盖首先说道：“我的头可断，血可流，决不投降！”众将都说：“我们决不投降！”孙权听后，心中得到很大的安慰。

众将走后，孙权激动地在书房里走来走去。当时，鲁肃还没走，孙权对他说：“子敬，众将都愿迎战曹操，我很高兴；可是，曹操的兵势十分强大，恐怕战不能胜啊！”鲁肃答道：“我已经请来了刘备的军师诸葛亮，他们才和曹操打过仗，一定知道曹操的兵力情况，主公可以问问他。”孙权说道：“早就听说卧龙先生的大名，快快请他来。”

鲁肃请来诸葛亮，孙权亲自到府门外迎接。诸葛亮见孙权相貌堂堂，是一个血性男儿，决定用激将法坚定孙权抗曹的决心。他说曹操兵势强大，有一百五十万人马。孙权听后，心中暗暗吃惊。紧接着，诸葛亮又劝孙权早日投降以保住性命。诸葛亮的一番话，使孙权感到非常失望，反问道：“既然曹操不可抗拒，刘备为什么不投降？”诸葛亮回答：“刘皇叔是大汉皇亲，怎么会屈从于曹操这样的奸臣！”孙权闻言大怒，拂袖而去。

鲁肃急忙跟出，孙权对鲁肃说：“诸葛亮太欺负人，竟然认为我不如刘备，瞧不起我江东人物。”鲁肃劝道：“诸葛亮有破曹良策，只是不愿轻易说出，主公您为什么不能不耻下问呢？”孙权一听，恍然大悟说：“原来诸葛亮早有良策，所以用言语激我；我一时考虑不周，差点误了大事。”

说完，又回来向诸葛亮赔礼道歉。诸葛亮这才详细分析了曹军不习水战，又远途跋涉，疲惫不堪等种种弊端，说明他们兵力虽多，但并不是不可战胜的。孙权边听边点头，高兴地说：“我决心已定，准备和曹操进行决战。不过，我们联合抗曹，刘皇叔才吃败仗，兵力不足，能取胜吗？”诸葛亮又说：“刘皇叔还拥有数万精锐部队，完全可以协助江东抵抗曹操。”孙权听后才放下心来。

第二天清晨，孙权升朝，文武百官站立两边。孙权得到鲁肃、周瑜和江东战将的支持，信心大增，决心与曹操决一死战。孙权慷慨说道：“曹操老贼，早就想废除汉帝，自立为王。只是因为惧怕袁绍、袁术、吕布、刘表和我，才没敢行动。现在，各路诸侯都被他消灭了。只有我还据有江东，我与曹操老贼，誓不两立！”周瑜、鲁肃等人异口同声地说：“我们愿意为将军出战，万死不辞！希望将军别再犹豫。”孙权站起身，抽出佩剑，猛地砍下面前桌子的一角，他对文武群臣说：“谁再说要投降曹操，就与这个桌子一样。”说罢，双手托剑，郑重地对周瑜说：“公瑾，这把剑交给你，命你为大都督，程普为副都督，领兵抗击曹操。如果文武官员有不听号令的，可用这把剑处斩。”周瑜万分感动，拜接下宝剑。他严肃地对众人说：“我奉主公命令领兵破曹，请各位明日去江边营中听令，如有迟误，斩！”一时间谋士沉默，武将踊跃，各自散去。

孙权留下周瑜，半天没说话。周瑜心领神会地问道：“主公，您还有什么不放心的吗？”孙权说道：“公瑾，大事已经托付给你，江东军兵士气旺盛，我没什么不放心的。

只是曹操兵多将广，又据有长江天险，如果我们一着不慎，就会满盘皆输。”周瑜说道：“曹操远征江南，兵马疲惫，对新收降的刘表水军又不放心。他们人马虽多，但人心不齐，根本不足担忧。我带五万人马就可打败他们。”孙权抚摸周瑜的后背，说道：“公瑾，你的话解除了我的疑虑。子布于危急关头，主张投降，非常让我失望。只有你和子敬支持我抗曹，我很高兴。你明天起兵，我会继续派遣人马，多发粮草接应你。如果你一时不能战胜曹操，就率军后撤来和我会合，我亲自去和曹贼决战。”周瑜领命离去。

周瑜、程普、鲁肃等人，奉孙权令，与曹操在赤壁对垒。周瑜在诸葛亮的配合下，巧妙利用曹操生性多疑、曹兵不习水战的弱点，接二连三使用反间计、苦肉计、连环计。两军尚未交战，已经使曹操损兵折将。周瑜派人去向孙权报捷，并详细报告了进行火攻的战略计划。孙权一直担心以自己薄弱的兵力去和势力强大的曹操硬拼，即使胜利也会损失惨重，现在发现周瑜智谋过人，又有诸葛亮帮助，能够智胜曹操，他感到非常高兴。

可是，当他再次仔细审阅周瑜的火攻计划时，却发现计划中有一个致命的弱点。当时正是冬天，刮着西北风，曹军位于东吴军队的上风头，火攻计划根本无法实施。孙权急忙派使者给周瑜送去密信。不久，使者回报，周瑜也发现风向问题，因一时想不出解决方法，卧病在床。孙权才放下的心又悬了起来，他紧皱双眉，暗暗叹道：“难道我们真的要功亏一篑吗？”他连日一筹莫展，最后决定亲自去两军阵前商议。正在这时，周瑜使者到，请孙权十一月二十日夜看东吴

兵马成功火烧曹营。孙权虽然心中纳闷，不知周瑜如何解决了风向的问题，但仍然很高兴，因为他知道周瑜从来不是空口说大话的人。所以，他立刻调集兵马，准备接应周瑜。

十一月二十日夜，孙权全副披挂，站立楼船上，凝视着西方。午夜，忽然刮起了东南风，不一会儿，西边黑魆魆的天空突然被火光映得通红。孙权见火攻开始，心中大喜，立即命令战船驶向北岸，按预定计划，去夺取军事重镇合淝（今安徽合肥）。

赤壁大战，孙权联合刘备，火烧曹操八十三万人马，彻底挫败了曹操兵进江南的计划，奠定了三国鼎立的基础。

大战张辽

孙权与刘备联合在赤壁大胜曹操后，乘胜追击，以陆逊为先锋，首先围攻合淝。合淝守将是曹操手下著名的大将张辽。两军对阵，张辽大战太史慈，两人刀来枪往，整整酣斗一天，也没分出胜负。孙权边看边想，以前听说哥哥孙策和太史慈武艺相当，神亭酣斗时曾打得难解难分。现在看来，张辽本领并不在太史慈之下。见天色已晚，孙权下令鸣金收兵。

后来，孙权和张辽又交战了十几次，仍不分胜负。孙权心中有些着急。这天，孙权正和太史慈等人在营中商议明日如何战胜张辽。忽然，使者来报：周瑜都督身中毒箭，诸葛亮又设计取了荆州三郡，都督气恼异常，要与刘备决一雌雄。孙权闻言大惊，忙问使者：“都督伤势如何？”使者答道：“暂时没什么要紧，可是医生叮嘱不能生气，需要静养。”孙权立刻命令使者：“你速速回去，传我将令，就说合淝至今没有攻下，令都督收回大军，暂回柴桑（今江西九江西南）养病，不可与刘备争战；令程普带军马速来合淝，听我调度。”使者奉命火速而回。孙权仍放心不下，又叫来随从谷利吩咐说：“你跟随我多年，了解我的心，现在你去

大都督那儿，监护他好好养病，明白吗？”谷利看看孙权，答道：“主公，我一定尽心照顾都督，让他早日康复。”孙权点头，挥手让谷利退下。

孙权惦念周瑜的病情，连着两天无心作战，便引兵退到离合淝五十里的地方下寨。随后听到程普引军来到，带来消息说周瑜已回柴桑静养，心中大喜，亲自出营犒劳程普带来的军士。远远地看到鲁肃来了，孙权下马站立等候。鲁肃觉得受不起主公大礼，慌忙滚鞍下马施礼。众将领见孙权如此对待鲁肃，心中惊异，对鲁肃也刮目相看。孙权请鲁肃上马，两人并马走向营寨。孙权笑容满面，悄悄对鲁肃说：“子敬，我今天特地下马迎接你，足以显示你的荣耀了吧。”鲁肃摇头答道：“没有。”孙权感到惊讶，忙问：“那要怎么样才能显示你的光荣呢？”鲁肃答道：“主公威德加于四海，统一天下，建立帝业，使鲁肃也能青史留名，那才光荣呢。”孙权情不自禁地哈哈大笑，为鲁肃这番话鼓掌喝彩。

来到中军大帐，孙权大设宴席，犒赏三军将士，并与众将商议攻取合淝的计策。突然，张辽派人送来战书，孙权拆书观看，拍案大怒道：“张辽听说程普带领军马来到，故意派人来挑战，欺我太甚！明天，我只率旧部，不用新来的军马，和他大战一场。”鲁肃等人苦苦劝阻，孙权不听。他传令军士明早五点饱吃战饭，整军攻打合淝。

张辽接到回报，便和副将李典、乐进商议：“我们和孙权打了十几次仗，到现在还没取胜，实在令人生气。我看到东吴阵中，有一个人宽宽的脸庞，大大的额头，长着紫色的胡子，估计就是孙权。明天，我们想办法把他活捉过来。”李典说：“那人确实是孙权。听说孙权自幼习武，跟着孙策打过不少次仗。明天，将军点名叫他出战，交战中施计将他生擒活捉。”张辽点点头。乐进说道：“不过，将军也要小心。我听说他的武艺虽然比不上小霸王孙策，但也不能低估，听说他特别善于射箭，一次带人出去打猎，一只猛虎扑过来，孙权一箭射中老虎的眼睛，把老虎杀死了。将军在阵上要提防他暗放冷箭。”三人商量已定，第二天，张辽带兵出城，迎战孙权。

两军排好阵势，弓箭手压住阵脚。孙权金盔金甲，身背鹊画弓，手持大枪，骑马立在门旗下。左边宋谦，右边贾华，一个穿白，一个穿红，都使方天画戟，在两边护卫着孙权。三通鼓响，曹军阵中，门旗两边分开。张辽等三人全副披挂，来到阵前。张辽一眼看到孙权，向李典、乐进使了个眼色，拍马出阵，指名道姓单挑孙权出战。孙权一见张辽，火冒三丈，拍马举枪要出阵大战。宋谦正要劝阻，孙权背后冲出一员战将，一身乌甲，身背双戟，手持大枪，直奔张辽。孙权一看，这人正是太史慈。张辽挥刀来战太史慈，两人大战七八十回合，仍然不分胜负。孙权聚精会神地看两人厮杀。

曹军阵前，李典对乐进说：“你瞧，孙权正在观战，并无提防，如果冲上去活捉他，就足以为八十三万人马报仇雪恨了。”李典话还没说完，乐进手举大刀，策马从侧面直奔孙权。乐进举起刀，正要向孙权砍去，被宋谦、贾华从两边举画戟架住刀，乐进抽刀再劈，大刀落处，两支画戟被齐齐

斩断。宋谦、贾华情急之中，只好手持戟杆往乐进马头上乱打，乐进被迫退回阵中。宋谦一把夺过身边军士手中的大枪，追赶乐进。李典在阵中看见，搭上弓箭，往宋谦心窝射来。宋谦猝不及防，中箭落马。太史慈听到身后有人落马，虚晃一枪，丢下张辽，回归本阵。张辽大刀一挥，曹军乘势掩杀过来。吴军大乱，四散奔逃。孙权心中气恼，手提大枪要来迎战张辽。贾华一着急，强行勒转孙权马头，“啪”地给马一鞭，战马往后方奔去。张辽望见金盔金甲的孙权，飞马赶来。眼看着就要追上了，孙权伸手从身后抽出弓箭，转身向着张辽面门射去。张辽忙一低头，那箭正射中头盔，张辽惊出一身冷汗。这时，从路边猛地冲出一匹战马，直奔张辽。原来是大将程普引军前来接应。张辽眼看寡不敌众，和程普只战十几回合，瞅空便拨马回了城。程普也不追赶，保护孙权回营。

孙权因宋谦为保护自己而阵亡，放声大哭。长史张纮谏道：“主公，依仗自己年轻气盛，轻视敌人，才遭到失败。两军阵前，斩将夺旗，威震疆场，这本来是部下将领的任务，根本就不是主公您应该做的事。希望今后要心怀图王称霸的大计，不要再逞一时的勇力。宋谦的阵亡，就是主公您轻敌造成的。望主公千万要以东吴大事为重。”孙权非常惭愧，说道：“今天之败是我的错误，今后一定接受教训。”过了一会儿，太史慈进帐，对孙权说：“我手下有一个人，叫戈定，与张辽手下的养马人是兄弟。养马人曾被张辽责打，心中怨恨。今天派人来送信，举火为号，刺杀张辽，为宋谦报仇。我愿意带领五千兵马前去接应他。”张纮劝道：

“张辽很有智谋，恐怕其中有诈，最好不要轻易前去。”太史慈认为机会难得，坚决要去。孙权要为宋谦报仇，答应太史慈领兵去合淝接应戈定。

戈定混杂在曹军队伍中，进入合淝，悄悄找到张辽的养马人。戈定说：“我已派人报告了太史慈将军。今天夜里有人来接应。你这里怎么行动？”养马人说：“这儿离中军大帐太远，夜里不可能成功刺杀张辽。我准备先在粮草堆上放火，你就去外面叫造反，城中的军兵必然大乱，那时乘乱刺杀张辽，我们的人马就可以占领合淝了。”戈定说：“这个主意不错，就这么办。”

当天晚上，张辽得胜回城，下令赏赐三军将士，但不允许任何人脱下铠甲睡觉。李典说：“今天，我们打了个大胜仗，东吴军队已经逃得远远的了，将军为什么不让大家脱下铠甲，好好休息一下呢？”张辽说：“作为一个将领，一定不能让胜利冲昏了头脑，也不能因为失败就灰心丧气。假如东吴军马乘我们今夜没有防备，乘机偷袭怎么对付？所以，虽然胜利了，夜间防备应当更加谨慎！”张辽话音未落，就听见外面一片喊声：“造反了！”“造反了！”探子一个接一个来报告，后寨起火了。

张辽亲自上马，带领十几名亲随，站在道路中间，勒令军卒不许慌乱。李典说：“那边喊造反的声音很响，不如先过去看看情况。”张辽笑道：“怎么可能整个合淝的人都造反了。这是造反的人故意大喊，想喊得军士人心惶惶。传我将令，有乱动乱跑的立即斩首。”但李典仍不放心，说：“我看看去。”没一会儿，李典带人将戈定和养马人抓了回来。张辽厉声喝令他们招供。戈定扭头不答，养马人害怕张辽，哆嗦着说出了他们的计划。张辽冷冷一笑，喝令军士将两人推下斩首。恰在此时，城外鸣锣击鼓，喊声大震。张辽说：“这是东吴军队前来接应。我们不如将计就计，让他们有来无回。”他立刻点兵派将，命令大家按计行事。

太史慈引兵按时来到合淝城外，只见城中火光冲天，耳听得城中一片嘈杂的声音，合淝城门大开，连吊桥也放下了。太史慈一阵高兴，没起丝毫疑心，还以为计策成功了，于是一马当先，举枪杀进城中。突然，城中一声炮响，城墙上面乱箭急下，太史慈大吃一惊，心知中计，慌忙掉转马头往外撤退。可是，箭太密了，太史慈虽然冲出城门，身上已中了好几支箭。李典、乐进带人马杀出合淝，东吴人马且战且退，损失大半。曹兵乘势追到东吴寨前，陆逊、董袭等人杀退曹兵，救下太史慈。孙权见太史慈伤势严重，心中非常悲痛。张昭劝孙权暂时撤军回江东，孙权点头答应。

撤军途中，太史慈伤势越来越重，孙权亲自看望太史慈，太史慈对孙权说：“大丈夫生在乱世，就应该手持三尺长剑建立大业，可惜我现在壮志未遂，死期就已到了啊。”说完，停止了呼吸，年仅四十一岁。孙权伤心不已，命人厚葬太史慈于北固山下，将其儿子带回府中抚育。

孙刘联姻

荆州，是兵家必争之地，东吴只有占领荆州、完全占据长江天险，才能够割据江东、建立霸业。赤壁大战后，诸葛亮设计抢先占据了荆州。而东吴奋战抗曹，损兵折将，几乎一点好处也没得到。为了共同抗拒曹操，孙权又不愿与刘备争战，只好派遣鲁肃前去索讨荆州。谁知诸葛亮以暂借荆州为名搪塞鲁肃，根本没有让荆州给东吴的意思。孙权、周瑜对这件事非常恼火，想方设法要夺回荆州。

一天，孙权正在府中为荆州的事苦恼。忽然，使者送来大都督周瑜的密信，孙权拆开一看，信中写道："刘备的妻子不久前去世了，他肯定要续娶，主公不如派人去荆州说媒，以把令妹嫁给刘备为名，将刘备骗到江东软禁起来，然后叫诸葛亮用荆州来换刘备。"孙权放下书信，沉思半天，虽然心中很不情愿用自己唯一的妹妹来施美人计，但是为了夺取荆州、成就霸业，只好这么做。他决定派机智善辩的吕范前往荆州按计行事。

吕范来到荆州，拜见刘备，述说吴侯愿将妹妹嫁给刘备。并说，如孙、刘两家结为秦晋之好，曹操便不敢再窥视江南。刘备听后，沉思不语。吕范见刘备有些动心，赶紧又说吴国太只有这么一个女儿，不愿远嫁，希望刘备到江东去成亲。刘备听完，心中有点疑惑，便问孙权是否知道这件事。吕范笑着回答：“不先经吴侯同意，谁有那么大胆，敢擅自前来说亲！”刘备仍然不放心，又说：“我已经年过半百，头发花白，吴侯的妹妹还很年轻，两人年龄相差太多，恐怕很难婚配。”吕范从容不迫地解释：“吴侯的妹妹虽然年轻，却胸怀大志，并说过非扬名天下的英雄不嫁。皇叔您是威名远扬的豪杰，这正是淑女配英雄！怎么能用无关紧要的年龄差距来衡量呢？”刘备不好再说什么，与诸葛亮秘密商量一番，决定由赵云带五百名随从人员陪刘备去江东成亲。

孙权听说刘备已到江东，心中高兴，密令吕范将刘备软禁在宾馆，不许将招亲的消息走漏出去，特别不能让吴国太知道。吕范领命而去。

孙权正在思考下一步行动计划，忽然，吴国太使人来叫孙权。孙权来到母亲的住处，却见老人家泪流满面，哭得很伤心。周瑜的岳父乔国老坐在一边，一言不发。孙权大吃一惊，连忙问母亲出了什么事。吴国太瞪了孙权一眼，说道：“男大当婚，女大当嫁，这也是人之常情。我是你母亲，你招刘备做妹婿，竟敢瞒着我，你眼中还有我吗？”孙权一听，心中暗暗叫苦，他努力装出一副笑脸，说道：“母亲，您从哪儿听到这种谣言的？”乔国老在一边插话：“刘备的谋士亲自来告诉我的。刘备的军士披红挂彩，在城中买礼品，逢人就说吴侯招刘皇叔为妹婿，城中哪个人不知道？”孙权听后，气得浑身发抖，暗恨

刘备诡计多端。他只好告诉母亲，这是周瑜的计策，是为了困住刘备，换取荆州，并不是真的把妹妹嫁给刘备。吴国太闻言大怒，训斥道："你们用什么计策不能取荆州，却用我女儿施美人计，好生难听。如果杀了刘备，我女儿岂不成了寡妇！事情既然到了这个地步，我要亲自看一看刘备，如果中意，我就把女儿嫁给他。"孙权一听，吓了一跳，连忙劝道："母亲，刘备年过半百，两人年纪不相当。"吴国太也不理睬，拂袖进内室去了。

孙权非常孝顺，不敢违抗母亲的命令，只好叫来吕范，命他明日在甘露寺设宴，招待刘备。吕范建议说："我们不如派人带三百名刀斧手埋伏在寺中，如果国太不满意，您摔杯为号，令刀斧手冲出杀了刘备。"孙权点头同意，说道："届时不可惊吓到国太。"

第二天，甘露寺中，鼓乐齐鸣，孙权见刘备仪表非凡，刘备见孙权气宇轩昂，两人心中都有些敬畏。孙权带刘备去见国太，他这时只希望国太嫌刘备年老，看不中，自己好杀了刘备。谁知刘备今天还特地下功夫打扮一番，显得很精神。吴国太一见刘备，非常喜欢，对乔国老说："果然可做我的女婿。"孙权一听，心凉了半截，他端着酒杯，拿不定主意。杀了刘备，怕国太生气；不杀刘备，讨不回荆州。刘备用眼光瞟着孙权，密切注视他的动静。孙权正在犹豫，赵云走了进来。在刘备耳边悄悄嘀咕，说刚才在走廊里巡视，见房内有刀斧手埋伏。刘备意味深长地望了孙权一眼，一起身，跪在国太面前，说道："如果要杀刘备，就请现在动手。"国太听说寺内埋伏有刀斧手，大怒，并责备孙权，孙权推说不知，最后推到贾华身上，国太下令杀贾华，刘备反而相劝：“若杀大将，于亲事不吉利，我也难久居膝下。”乔国老也在一旁相劝，国太才免了贾华死罪，刀斧手也抱头鼠窜。孙权心中叫苦不迭。

孙权见计策不能成功，心中气恼。刘备躲过一场大难，找借口离开筵席，来到院中。院中有一块大石头，刘备祷告上苍：“假若刘备这次能重返荆州，建成霸业，可一剑劈开石头；假若死在江东，剑就劈不开石头。”说完，抽出宝剑，用力一挥，巨石裂成两半，刘备心中大喜，猛然听到有人问道：“玄德（刘备的字）公为什么恨这块石头？”刘备急忙转身，却见孙权正站在一边瞧着他，连忙掩饰道：“刘备年已五十，不能为国剿除贼臣，心中不安。刚才祈祷上苍，如能消灭曹操，重振汉室，便可一剑砍断此石。你看，这果然是个好兆头。”孙权根本不相信刘备的解释，但也不好挑明，随即说道：“我也来问问苍天，如能灭曹，也可砍断此石。”其实，他心中暗暗祈祷：“假如我能夺回荆州，兴旺江东，即可劈石为两半。”剑光闪过，那块巨石又断成两半。这样，巨石上形成了一个十字形纹路，因此后人称之为“恨石”。两人看了看，不由得都哈哈大笑起来。孙权心中高兴，和刘备走出甘露寺，站立北固山上，观赏壮丽的江山。刘备不由得感叹：“这真是天下第一江山啊！”孙权听后，心中非常得意。直到现在，镇江甘露寺还挂有一牌匾，上书“天下第一江山”。

这时，只见江风浩荡，白浪滔天。忽然，江面驶来一叶小舟，穿行于惊涛骇浪中，如履平地。刘备第一次见到

这样高超的驾船技巧，禁不住又感叹道："南方人善于驾船，北方人善于骑马，今天看来，确实如此。"说者无心，听者有意，孙权一向是个争强好胜的人，一听此话，心中暗想：莫非刘备讽刺我不善于骑马。他立刻命令侍从牵来战马，孙权飞身上马，笑着对刘备说："南方人就不善于骑马吗？"说完，一挥马鞭，骏马在崎岖不平的山路上奔驰而下，就像跑在平坦的大道上。刘备一时兴起，也跨上战马，紧随孙权跑下山去。两人纵马驰骋，又冲回山坡上，勒住战马，扬鞭大笑。面对着壮阔的长江，两人心中都生起一股豪迈之气。那个山坡也因此被称为“驻马坡”。过了一会儿，两人并马回府。

当晚，刘备与孙权的妹妹成亲。洞房之中，红烛高照。刘备辛劳半辈子，难得享受这样的幸福时光，心中美滋滋的。可他进入洞房一看，只见刀枪剑戟排得满满当当。两边的侍婢都佩剑悬刀。刘备非常惊惧，面容失色。原来孙权的妹妹不仅长得漂亮，而且自幼习武，练就一身好武艺。今天，听说哥哥为了取荆州，竟将她嫁给一个半老头子刘备，心中很不高兴。所以，决定在洞房中给刘备一个下马威。此刻，孙小姐仔细打量刘备，只见他面如冠玉，三绺黑须飘洒胸前，仪表非凡，心中也有几分喜欢；又想想早就听说刘备是一个驰骋疆场的英雄，戎马半生，虽然屡遭挫折，但是不屈不挠，雄心不减，不由得露出笑颜。她笑着掩饰说：“厮杀了半辈子，怎么倒怕起几件兵器来了。”说完，命人撤去兵器，刘备这才放下心来。两人正式结为夫妻。

孙权见美人计弄假成真，只好派人告诉周瑜。周瑜感到真对不起吴侯，就又设了一计。他请孙权尽量为刘备提供优越舒适的生活条件，使刘备玩物丧志，耽于享受，沉浸在温柔乡中，以磨灭其争雄的决心和意志。孙权心领神会，按计行事，果然有效，刘备从没享受过这样快乐的生活，渐渐沉迷其中，再不想回荆州了。

计退曹操

孙权弄假成真将妹妹嫁给了刘备。出乎意料的是，刘备在赵云的提醒下，不再贪恋江东的繁华，借欢庆新年、孙权喝醉酒的机会，说服孙夫人一起逃回荆州。孙权酒醒后，听到报告，勃然大怒，正准备发兵攻打荆州时，得知曹操领兵四十万南下，要报赤壁之仇，只好放下荆州这一头，忙召集众将布置抗曹之事。

吕蒙建议："曹操兵马南来，我们可以在濡须口（今安徽无为东南）江边筑起水城来抵御他们。"其他将领都不理解，问道："水军作战，从来都是上岸同敌人厮杀，脱下鞋子就可以涉水上船，为何要筑水城？"吕蒙说道："两军作战，谁能保证每次都打胜仗！假如没有准备，突然和敌兵遭遇，步兵、骑兵人马拥挤，阻塞道路，来不及跑回江边，怎么能安全上船？如果修建水城，军马就可以先退回城中，然后撤到船上。"孙权点头赞同，说："人如果没有长远打算，麻烦来了再想办法就来不及了。子明（吕蒙的字）的看法很有远见。"于是，派人不分昼夜修造水城。

建安十七年（公元212年）冬，曹操亲自率领大军南下。等到快接近濡须口的时候，他先派曹洪带领三万铁甲去江边打探情况。曹洪来到江边，看见江面上各色旗幡随风飘动，绵延十几里，弄不清东吴的军马到底集中在哪里，只好回去如实禀报。曹操放心不下，亲自带领人马到江边观看。他命令军兵列开阵势，自己带一百多名亲兵登上山坡，遥望江面。只见东吴大小几千艘战船在江面上按红、白、绿、黄、蓝五色旗帜列成五大阵式，船上刀枪剑戟排列得整整齐齐。正中间一艘黑色大型战船的前甲板上张开青罗伞盖，下面端坐一人金盔金甲，身披红色战袍，左右文武侍立两边，威严肃穆，那正是孙权。曹操见东吴军队如此气象，赞叹不已，他用马鞭遥指江面，对左右将领说：“生子当如孙仲谋！”

孙权看见山坡上，青罗伞盖下，正是曹操在指指点点，于是，站起身来，将手中令旗一挥，只听一声炮响，东吴所有的战船飞速向岸边驶来。吕蒙带领人马埋伏在水城中，听见炮响，大枪一挥，率军兵冲出城去，奔杀曹军。曹军顿时乱成一团。曹操一看阵势已乱，心中大怒，下令不许松动阵脚。可是，兵败如山倒，哪里能制止得住？曹操正在发火，忽见江边旋风般冲来几千名骑兵，为首一人，金盔金甲、蓝眼睛、紫胡须。一将领连忙喊道：“孙权来了。”曹操急忙拨转马头准备逃跑。韩当、周泰两人抢先冲出，直奔曹操。许褚让过曹操，横刀拦住二将，三员大将混战在一起。这时，曹军抵挡不住东吴军队的冲击，纷纷后撤。孙权指挥大军追赶不上，只好罢休。韩当、周泰又赶来报告，说许褚确实厉害，一时不能取胜。于是，孙权决定收兵回营，命令军士吃饭休息，待夜间听命行事。

曹操逃回营寨，看着残兵败将，勃然大怒：“你们居然

敢临阵逃跑，挫伤我军的锐气！如果以后再有这种情况发生，立刻斩首。”同时，下令重赏许褚，命令将士各自回营休息，待明天再去报仇。

夜黑沉沉的，天上没有一点星光。孙权带领人马，偷袭曹操营寨。曹营中灯火昏暗，哨兵在打盹，一点戒备也没有。孙权一声令下，军兵齐声喊杀，冲入曹营中，四处放火。曹操从睡梦中惊醒，许褚连声叫道：“丞相快走！”曹操匆匆穿上衣服，急忙上马，在许褚的掩护下从后寨冲出重围。两军混战一夜，曹营成了一片废墟。

经过一天一夜两次交锋，曹军锐气大伤，只好后退五十里，重新安营扎寨。曹操闷坐在帐中，拿起兵书，翻了几页，又扔到一旁。谋士程昱建议说：“丞相一向用兵如神，这次南征受挫，主要因为拖延很长时间才进发，给孙权留了充分的时间做准备。如今他们在江边筑起了水城，进可攻，退可守。我们一时很难攻破，不如暂回许都，以后再作打算。”曹操虽然心中认为程昱说得不错，但他并不表示赞同，故意又拿起兵书翻看。程昱只好退出帐外。

程昱走后，曹操感到疲倦，不知不觉趴在桌上睡着了，并且做了一个梦，梦见大江中涌出一轮红日，又落到附近的山中。梦醒后，他凭着睡梦中的一点印象，找到梦见太阳落山的地方。他策马来到山脚下，仔细观看，只见满地衰草。曹操勒住战马，沉思半天。突然山头出现一队人马，当中簇拥一个人，威风凛凛像太阳神一样。曹操一愣，仔细一看，正是孙权。原来孙权收兵回营后，知道曹操不会善罢甘休，所以，他带领众将出来探测地形，再次设下伏兵，准备迎战

吴

曹操。他刚转上山头，忽然发现曹操带着几十个骑兵也来到了山脚下。孙权不慌不忙，勒住战马，用马鞭指着曹操，高声问道：“丞相镇守中原，享受无尽的荣华富贵，为什么还贪心不足，又来侵犯江南？”

曹操冷笑一声，说道：“你作为汉臣，不尊重大汉王室，竟敢反叛，今天我就是奉天子旨意，前来讨伐你的！”孙权哈哈大笑，说道：“你说这话，也不知羞耻！天下人哪个不知道你挟持天子，假借汉帝名义摆布诸侯、为所欲为。现在，我正要讨伐你这个奸贼来报效天子！”曹操大怒，命令许褚上山捉拿孙权。孙权冷笑一声，将手中大枪一挥，只听见惊天动地一声炮响，山背后两支兵马齐出，左边韩当、周泰，右边陈武、潘璋。曹操一看又中了埋伏，大惊失色，急忙带领手下人往回跑。四员大将在后面紧紧追赶。追到半路，曹操跑得头盔也掉了，头发也散了，正在危急关头，援兵赶到，才得以解围。东吴兵马齐唱凯歌，精神抖擞返回濡须水城。

曹操回到营中，暗暗思索：看来孙权不是一个平凡的人，一时难以消灭。再战下去也没什么意思，于是，决定撤军。转念又想，不行，当初声势浩大地来南征，如今没取得任何胜利就撤军，会被东吴军兵耻笑。思前想后，曹操犹豫不决。就这样，双方军队又僵持了一个多月，只打了几次小小的遭遇战。

多雨的春天来临了，绵绵春雨注满大河小沟，到处一片泥泞。然而在濡须水城中，东吴众将斗志昂扬，纷纷要求出战。孙权劝道：“这种天气打仗，即使打赢了，军卒们也很辛苦。”众将刚想争辩，孙权又笑道：“曹操这次侵犯江东，从来就没有主动出战，显得信心不足。现在阴雨连绵，曹军扎营泥水中，很痛苦，估计他是不想打了。”众将忙说：“这不正是战胜他的好机会吗？”孙权摇头说道：“前几次是用计取胜，现在曹操固守营寨，不再出战，我们也无法引他上当。他应该撤军了。”于是，孙权派使者给曹操送去自己的亲笔信。

曹操接到来信，展开观看，孙权写道：“我和丞相都是汉臣，丞相你不去报效国家，为百姓造福，却在这里大动干戈，使军兵受苦，这难道是一个仁义的人应当做的吗？江南的梅雨季节刚刚来临，丞相如果不趁早撤军回许都，只怕又要遭到像赤壁大战那样的惨败，希望你仔细考虑。”曹操紧皱眉头，偶然翻到信的背后，只见孙权又写道：“你一天不死，我就一天得不到安宁。”曹操忍不住哈哈大笑，说道：“孙权没有欺骗我啊！”他重赏了东吴的使者，下令撤军返回许都。孙权亦收军回秣陵。

合淝遇险

建安二十年（公元215年），曹操因吴、蜀二国势力渐渐增强，很难一下子消灭，便决定先平定汉中（今陕西南部），然后攻打蜀国。吴主孙权见曹操发兵西征，后方空虚，乘机起兵，两次攻打军事重镇合淝。

孙权起兵前，吕蒙献计说："曹操上次回许都之前，命令庐江太守朱光带兵驻扎皖城。朱光这几年在皖城郊外开垦良田、种植水稻，将收获的粮食作为合淝守军的军粮。现在，我们可以先拿下皖城，切断他们的粮草供应，然后再攻取合淝。"孙权点头表示赞同。于是，他命令吕蒙、甘宁为前部先锋，蒋钦、潘璋在后接应；他亲自带领周泰、陈武、董袭、徐盛作为中军。东吴大军起兵后，顺路攻取了和州（今安徽和县），向皖城进发。

孙权亲自来到皖城下观察，只见城墙高大坚固，但城上没有一个守军，静静的像是一座无人把守的空城；只有城头上随风飘扬的旗帜表明曹军的存在。孙权心中正感到疑惑，就听城头上一阵梆子响，城中无数弓箭手一起发箭，射向吴兵。孙权急忙命令后撤。他刚勒转马头想走，一支利箭射穿了他头上的青罗伞盖。

孙权慌忙回归营寨，召集各位将领，商量攻城之策。他说：“皖城城防坚固，朱光又坚守不战，怎么才能攻下他呢？”董袭说：“可以命令军士挑来泥土，紧靠城墙垒成土山，爬上土山即可攻进城中。”孙权摇摇头。徐盛说道：“那干脆搭起天桥，居高临下攻击城中守军。”孙权又摇摇头，说：“不行。”他见吕蒙皱着眉头，半天都没说话，便问道：“子明，你有什么好主意吗？”吕蒙回答：“董将军和徐将军的办法都要花很长的时间才能完成。假如合淝的援军赶到，我们根本就没有机会再攻下皖城。我军刚刚起兵，军队士气旺盛，应该抓住这个时机，奋力攻城。如果明天清晨发起攻击，估计中午就可以拿下皖城。”孙权认为吕蒙分析得很有道理，决定采纳吕蒙的建议。

第二天，天刚蒙蒙亮，东吴军士准备完毕，便向皖城发起进攻。几十架云梯搭上城墙，军士们一个紧跟着一个往上爬，一时间喊声惊天动地。守将朱光在城头指挥军士用石头往下砸，放箭射击，并奋力推翻云梯，阻止吴兵爬上城头。甘宁在城下，见军卒有的被石块砸下，有的被射下，少数几个爬上城头，又因寡不敌众被杀。甘宁心中升起一股怒火，他推开军卒，手执铁链，亲自爬上云梯，巧妙地躲过箭、石，奋力进攻。朱光命令弓箭手瞄准甘宁放箭。甘宁一边挥舞铁链拨打利箭，一边快速跃上城头，一链打倒朱光。吕蒙亲自为甘宁擂鼓助威，东吴军士紧随甘宁一拥而上。守城军卒见抵挡不住，纷纷投降，东吴上午便占领了皖城。

孙权很高兴，带着众将巡视城池。忽见城外尘土飞扬，一支军马来到城下。原来是张辽带着援军赶到皖城。张辽发

现城上高插吴军旗帜，知道城池已经失守，只好带兵返回合淝。孙权不由得称赞吕蒙说：“子明真料敌如神啊。”

孙权攻入皖城后犒劳三军，重赏吕蒙、甘宁等人。庆功宴上他怕自己在座会使众人拘谨，先回大帐去了。吕蒙谦虚地请甘宁坐在首位，不住地夸奖甘宁的勇猛。这时，凌统带领人马，刚刚奉命从江南赶来。他见到甘宁，想起了杀父的冤仇，又听见吕蒙赞美甘宁，心中大怒。他瞪了甘宁半天，甘宁佯装没看见。

凌统忽然站了起来，拔出侍从的佩剑，说道：“酒席筵前，也没什么娱乐，请各位看我舞剑。”甘宁立刻明白凌统的意图，他一把推开桌子，也站了起来，伸手取过画戟，说道：“请诸位看我使戟。”吕蒙发现二人都在瞪着对方，各无好意，庆功宴快成鸿门宴了。他连忙起身，一手拿起盾牌，一手抓起一把刀，往两人中间一站，说：“两位的武艺虽然很高强，却不如我灵巧。”说完，舞起盾牌，将两人隔开。徐盛早就跑去报告孙权。孙权大吃一惊，急忙赶来。三人见孙权来了，才放下兵器。

孙权叹息一声，说道：“我经常劝你们两个不要再计较过去的冤仇，今天怎么又这样呢？”凌统跪拜在地，放声大哭。孙权心中难过，扶起凌统，好言劝慰他。甘宁看到凌统悲痛的样子，心中也不是滋味，低头不语。

第二天，孙权仍命吕蒙、甘宁为先锋，自己带着凌统作中军，率领大军十万，发兵攻打合淝。合淝守将张辽，因为丢了皖城，心中烦闷。忽听孙权来攻合淝，便和李典、乐进计议道：“主公远征汉中，孙权想乘机打败我们，我们不能只守在城中，应该率兵迎击，奋力拼战，挫伤他的锐气，增加我军的信心。”乐进说：“敌众我寡，只怕很难取胜。”张辽想了一下，说：“我们可以用计胜他。明天，请李将军带人马埋伏在逍遥津北面，如果吴兵攻过来，你就拆断小师桥，我与乐将军左右夹攻，定能大获全胜。”

吕蒙和甘宁指挥先锋部队来到合淝城下，列开阵式。乐进在城上见吴兵个个盔明甲亮，精神抖擞，冷笑一声，率领军马出城。甘宁出马迎战，没战几个回合，乐进假装失败，拍马就跑，甘宁呼喊吕蒙一起追杀。吕蒙心中有些疑惑，但没来得及多想，就带领人马追赶乐进。孙权听说先锋部队已经成功，立刻催促军马冲进合淝。到逍遥津北面时，只听见连珠炮响，伏兵四起。张辽、李典各带人马杀向孙权。孙权大吃一惊，急忙派人传令让吕蒙、甘宁转回救援；可是曹军已经杀到面前，凌统手下只有三百名骑兵，无法抵挡曹军进攻。

凌统一面抵挡曹兵，一面大喊：“主公，快快赶过小师桥！”话未落音，张辽带两千名骑兵追来，凌统拼命抵住张辽。孙权急忙纵马上桥，可是小师桥已被拆断，孙权回头看追兵越来越近，不知怎样才好。恰巧谷利赶上来，大声呼喊：“主公，让马后退，放开缰绳，让它跳过去！”孙权恍然大悟，急忙勒转马头，退后三丈多远，放开缰绳，“啪”“啪”向战马加了两鞭，那马腾空而起，像一条玉龙，跃过小师桥。张辽甩下凌统，奋力来赶，看见孙权马跃逍遥津，心中不禁也暗暗吃惊。这时，徐盛、董袭驾着小船赶来，接应孙权上船。孙权回头看见凌统被曹兵追赶太急，身上已中数枪，正沿着河岸逃回，立即命令徐盛把船划过去，接应凌统、谷利。甘宁、吕蒙率领先锋部队急忙回来救护时，乐进从背后带兵追杀，李典又在半路截住甘宁，厮杀一阵，东吴军队损伤了大半。甘宁、吕蒙两人突破重围，冲出合淝。

这一仗，张辽巧用埋伏，以少胜多，威震逍遥津。众将保护孙权回到营寨。孙权急忙令医生给凌统治疗枪伤，并重赏凌统、谷利等人。吕蒙、甘宁过来请罪，孙权安慰他们："胜败是兵家常事，你们不要请什么罪，失败的原因是我们攻下皖城，心中高兴，太轻敌了。张辽果然是智勇双全，以后不可小看他。"甘宁、吕蒙听到孙权称赞张辽，互相看了看，心中有些不服气。孙权看在眼里，也不点明，命令军队撤回濡须水城。一面派人速回江南，点调十万兵马过江前来助战；一面整顿船只，与众将商议水陆一并进发，去报合淝之仇。

勇劫曹营

孙权在濡须口收拾军马，准备再次攻打合淝。忽然，探马来报，曹操已从汉中回来，亲自带领四十万大军前来救援合淝。孙权与众将商议对策，派徐盛和董袭带领五十艘战船，去濡须口的江面埋伏；又命令陈武带领一支人马，在江边巡逻，传递消息。

这时，张昭建议："现在曹操远道赶来，可以先挫败他们的锐气。"孙权认为很对，便问帐下众将："曹操远来，谁敢带兵前往迎战，先挫败曹军的锐气？"此时，凌统枪伤已好，立刻答道："我愿前往。"孙权高兴地问道："要带多少军马？"凌统毫不迟疑地说："三千。"话音刚落，甘宁冷笑一声，说道："我带一百名骑兵，就可以挫败敌军的锐气，何必要三千人马！"凌统大怒，甘宁也毫不相让，两个人在孙权面前又争吵起来。孙权命令两人停止争吵，然后说道："曹操兵力强大，不可轻敌。"便命令凌统点齐三千人马，离开濡须水城，前去侦察曹军的动向。如果遇上曹兵，就向他们开战。

凌统出城，没多长时间，正遇上曹军先锋张辽出营巡视。两人二话没说，上来就战。打了五十多个回合，仍没分

出胜负。孙权接到报告，担心凌统枪伤初愈，体力不济，难胜张辽，连忙派吕蒙带兵接应凌统回寨。张辽不敢追赶，率领人马离去。

甘宁看见凌统大战一场安全归来，立即来见孙权，请求道："我今夜带领一百名骑兵前去偷劫曹营，如有一人一马受伤，甘受惩罚。"孙权知道甘宁英勇善战，又被他的这种勇气所感动，便命令从自己的亲兵中挑选一百名能征善战、年轻力壮的骑兵交给甘宁。甘宁带人马回到自己营中，孙权又派人送去五十瓶好酒、五十斤羊肉，赏赐给军士。甘宁摆开酒宴，让一百名骑兵全部坐下，众人心中都不清楚甘宁到底要干什么。甘宁命侍从将面前的酒碗斟满，然后端起碗来，一口喝干。侍从再斟上第二碗酒，甘宁也不说话，一口气又喝干了。当侍从斟上第三碗酒时，甘宁端起酒碗，站起身来，命令将一百名骑兵面前的酒碗全部斟满，然后，他环视一下众人，说道："今天夜里，我们一起去曹营劫寨，请各位喝干这碗酒，到时努力拼杀。"众人一听，面面相觑，都不肯喝下那碗酒。甘宁发现大家有点畏惧，沉下脸来，"嗖"一声抽出佩剑，说道："我作为一员大将，都不顾惜自己的性命，你们为什么还这么迟疑呢？"众人被甘宁一激，一齐端着酒碗，站起身来，共同发誓："愿随将军，赴汤蹈火，在所不辞！"

夜晚，甘宁命人取来一百根白鹅毛翎，教骑兵们插在头盔上作为标记，以防黑暗中误伤了自己人。众人全副披挂，跨上战马，以迅雷不及掩耳之速飞奔曹营。百名勇士一声大喊，挑开营门前的鹿角障碍，冲进寨中。甘宁冲在最前面，率领众人直奔中军大帐去捉曹操。谁知到中军一看，曹操为防人劫营，早有准备，大帐周围，布置了很多障碍物，冲不过去，甘宁只好带着骑兵在曹营中呐喊，一会儿冲到左边，一会儿冲到右边，纵横驰骋，四处放火。曹操的部队被惊醒，一团慌乱，又搞不清敌军到底有多少人马，深夜看不清，又没有统一的指挥，常常自己人和自己人打起来。等到曹军将领发现上当时，甘宁已经带人马冲出寨门，扬长而去。曹操担心这是孙权的诱敌之计，怕中埋伏，也不派人追赶。

孙权自甘宁去后，心中总有些放心不下，虽然甘宁英勇善战，但敌我兵力悬殊实在太大，他命令周泰率领五千精兵去接应甘宁。周泰带兵迎到半路，甘宁安然归来，两军会合回濡须水城。孙权接到报告，亲自到寨门前迎候甘宁。百名骑兵个个兴高采烈，不断欢呼。甘宁看到孙权站在寨门前迎接，慌忙跳下战马，拜倒在地。孙权心花怒放，扶起甘宁，拉着他的手一起走回营中。孙权说道：“将军这次大获全胜，足以使曹贼胆怯，再也不敢小瞧我江东。我之所以忍心让你前去冒险，是要显示将军你的虎胆雄威啊。”他下令重赏那百名勇士，又赏甘宁一千匹彩绢，一百口利刃。甘宁拜领后，全部分给那一百名勇士。孙权高兴地对众将领说：“曹操有虎将张辽，我有甘兴霸，就完全可以比过他了。”

曹军还没有和东吴军马正式交战，已被劫了营寨，损伤了军威。曹操火冒三丈，第二天一早，就叫张辽骂阵讨战。凌统见甘宁昨天立了大功，心中不服，激动地要求：“凌统愿意去战张辽。”孙权知道凌统立功心切，答应了他。孙权

带着甘宁，亲自到阵前给凌统助威。两军对垒，张辽带李典、乐进在门旗下。凌统手提大刀，拍马冲出阵营。张辽命令乐进迎战，两人大战三十多个回合，也没分出胜负。孙权命令兵士擂鼓助威。曹操接到报告，也来到阵前观看，他见凌统越战越勇，便命令曹休暗放冷箭。曹休悄悄躲在张辽身后，瞄准凌统，开弓一箭，正射中凌统的战马。战马疼痛，一声长嘶，直立起来，凌统毫无防备，顿时被掀落马下。乐进举起大枪，要直刺凌统咽喉，孙权大吃一惊，急忙伸手取弓搭箭，要救凌统，忽然看到一支利箭已射到乐进脸上。乐进大叫一声，翻身落马，两边军士一拥而上，分别把凌统、乐进救回本阵，鸣金收兵。

凌统回到寨中，拜谢孙权救命之恩。孙权笑着说："放箭救你的，是甘宁啊。"凌统一愣，他望望孙权，望望甘宁，心中百感交集。他走到甘宁面前，深施一礼，说道："没想到将军如此宽宏大度，不记前仇，请受凌统一拜。"甘宁连忙扶起凌统，两人放声大笑，尽释前嫌，从此成为生死与共的好朋友。看见两员虎将和解，孙权也为了了却一桩心事而感到高兴。

抚伤酬将

曹操与孙权作战，一再失利，心中很恼火。他兵分五路，左边一路张辽、二路李典，右边一路徐晃、二路庞德，每路一万人马。曹操自己领中路大军，一起来攻濡须水城。

东吴大将董袭、徐盛两人站在江边的指挥船上，发现曹操五路军马一齐杀来。徐盛面对士兵说道：“我们享受吴侯的俸禄，应该拼命杀敌，报效吴侯。”说完，带领几百名勇敢的士卒，跳上小船，划到岸边，冲向李典所带领的那路人马。徐盛力战李典，两人打得难分难解。董袭在大船上为徐盛观阵，命令军士擂鼓。

突然，江面上狂风骤起，汹涌的波涛把江中的战船冲得摇摇晃晃。东吴军士害怕翻船，乱了阵脚。有些士兵跳下小船逃命。董袭大怒，抽出宝剑，大声喝道：“我们奉主公将令，在这里抵挡曹贼，你们竟敢丢弃战船、只顾逃命！再有违令逃跑的，斩！”风浪越来越大，董袭手持宝剑，凛然屹立在船头。一个大浪打来，战船沉没了，董袭淹死在长江之中。董袭原是孙策手下一员猛将。当年，孙策平定六郡，讨伐严白虎时，董袭斩杀严白虎，投奔孙策，被封为别部司马。从此，董袭久经沙场，屡立战功。

未曾想今日终于以身殉职。这时，徐盛不知道江中发生的变化，只顾在李典军中冲杀。而李典的人马很多，徐盛终因寡不敌众，渐渐被困在阵中。

陈武奉命在江边巡逻，发现曹军冲来，立刻整军出战。一曹军将领，身材魁伟，手持大刀，正是大将庞德。庞德原来是马超手下大将，后来投降曹操。他刀法娴熟，功夫超群。陈武不是对手，一边打一边后退。庞德赶到，手起刀落，将陈武劈死在刀下。

孙权在濡须水城中，知道曹兵已经到江边，赶忙披挂上马，与周泰带领人马冲出水城，发现徐盛被李典围困，立即指挥军士冲过去接应。正在这时，张辽和徐晃带领两万人马也已赶到，三路人马合在一起，把孙权紧紧围住。东吴军马左冲右突，无法冲出重围。曹操站在高坡上，眼看着金盔金甲的孙权被困在军中，心中一阵狂喜，急忙命令许褚纵马持枪杀入东吴军中，将孙权的军队隔成两段，使他们失去联系，彼此不能相救。许褚奉命而去，把东吴军队冲得七零八落，失去了统一指挥。

周泰紧紧跟在孙权身边，奋力厮杀，终于从曹军的包围圈中冲出来。可是到江边一看，身后不见了孙权，急忙勒转马头，再次杀入曹军阵中，仍然没有看到孙权。周泰勒住战马，问一个兵士："主公在哪里？"那兵士用手一指，说道："主公被曹兵包围，非常危险！"周泰拍马杀入重围，找到孙权急忙说："主公，我在前面开道，你紧跟着我冲出去。"周泰再次杀出重围，来到江边，回头又找不到孙权了。他又勒过马来，第三次杀入重围，发现孙权仍被曹军包围着。孙权见到周泰说：“曹军一起放箭，拦住去路，冲不出去。怎么办？”周泰说：“主公在前，我在后，就可以冲出去。”孙权挥舞大枪，纵马向前杀去。曹军一看孙权又要突围，立即开弓放箭。周泰紧紧跟在孙权后面，左右拨打利箭，两人杀出一条血路，冲出重围。来到江边，周泰因全力保护孙权，自己身上中了好几箭，利箭穿过铠甲，深深扎在他的身上。周泰顾不得这些，护卫着孙权沿江寻找战船。正好吕蒙率领一支水军赶来，接应孙权上船。

孙权对吕蒙说：“周泰三次冲入重围，才把我救出来。现在徐盛还被困在军中，如何是好？”周泰应声答道：“我愿去救徐盛。”说毕，举枪拍马又杀入曹军阵中，孙权赶忙跑上楼船眺望，只见曹军中一阵骚动，周泰和徐盛两位将军血染铠甲、身带重伤，冲出重围。吕蒙率兵将周泰、徐盛救上战船。

曹操站在高坡上，眼睁睁地看着孙权杀出重围，立刻带人马冲下山来，指挥弓箭手赶到江边，和吕蒙对射。吕蒙的箭已经射完了，正在这紧要关头，一队战船赶到江边，为首一员大将，英俊年少，正是孙策的女婿陆逊。他带领十万军马从江南赶来援助孙权。陆逊下令军士一齐放箭射击，曹军抵挡不住，纷纷后撤。陆逊乘势指挥军士冲上岸去，追杀曹兵，曹操见东吴援军来到，只好带着军马逃归营寨。陆逊带人一阵掩杀，夺回了几千匹战马和很多旗帜兵器。曹兵伤者不计其数，大败而回。在乱军中，吴兵寻见了陈武的尸体，他是为庞德所杀。孙权连失两员猛将，忍不住放声大哭。他

命令军卒将董袭的尸体打捞上来，与陈武的尸体一起运回江东厚葬。

孙权很感激周泰的救护恩情，设大宴给周泰庆功。宴会上，孙权离开座位，亲自给周泰斟酒，并抚摸周泰身上的伤口，不由得泪流满面，哽咽着说道："将军不惜自己的性命，从危难中将我救出，自己却身受重伤。从今后，我与你有福共享，有难同当！"说完，双手捧盏，请周泰满饮一杯。周泰很受感动，忙起身施礼。孙权一把按住他，让他坐下喝这杯酒。周泰喝完酒，孙权又请他将衣服脱下，把身上的伤痕给大家看。只见周泰身上伤痕累累，就好像被刀刻出来似的。众将不由得发出叹息声。孙权用手指着那些伤痕，一一询问周泰是怎么受的伤。周泰就具体地向众将解释作战受伤的经过。讲一处伤，孙权就请周泰吃一杯酒。孙权指着周泰胸口一处大伤痕，问道："这又是怎么回事？"周泰看着孙权，说道："那是在宣城受的伤。"孙权一听到宣城，思绪好像飞回到十几年前。

那一年，孙权只有十二岁，孙策才刚刚创业。他奉兄长孙策的将令，与周泰一起镇守宣城，那时江东很多地方的山贼还没来得及消灭。一天夜里，夜深人静，山贼悄悄摸进城中，从四面八方冲杀过来。周泰和孙权从梦中惊醒，已经来不及指挥军卒抵挡敌人。周泰连衣服都没穿好，一把将孙权抱到马上就往外冲，十几个山贼发现他们，一齐举刀砍杀过来。周泰一手牵着马，一手举刀砍杀山贼。几经搏斗终于杀退山贼，但周泰因为没有铠甲保护，身上受了伤。正当他护着孙权往城外跑的时候，忽然，一个山贼头领纵马提枪刺向周泰，周泰用手抓住那个山贼的大枪，单膀一用力，大喝一声，将那山贼连人带枪从马上拽了下来。周泰夺过大枪，一枪扎死山贼，跳上山贼的战马，保护着孙权，冲出了山贼的包围。山贼们看到周泰如此英勇，不敢追赶，纷纷逃回山中。孙策听到报告，带兵赶来时，孙权已经得救了。可是英勇的周泰却身受重伤，性命垂危。孙策火速派人请来神医华

佗，为周泰治伤，周泰才得救了。从那以后，孙权心中非常敬重周泰。

望着周泰身上的伤痕，孙权热泪盈眶，双手递过一杯酒，请周泰再次喝干。庆功宴上，周泰喝得大醉。孙权命人将自己的青罗伞盖赠与周泰，令他出入帐盖。周泰第一次享受头顶青罗伞盖的礼遇，心中感到无比荣耀。

荆州之争

孙权为了完全占据长江天险，时刻不忘向刘备讨还荆州。建安二十四年（公元219年），刘备攻占了西川（今四川）四十一州，仍没有将荆州归还东吴的意思。孙权非常生气，先派人到荆州，谎称吴国太病重，将孙夫人骗回东吴，然后准备兴兵攻打荆州。

长史张昭劝道：“军队连年出战，非常辛苦，最好不要轻易发兵。我有一条计策，能使刘备将荆州双手奉还主公。”孙权很高兴，忙问：“什么计策？”张昭说：“诸葛亮是刘备的军师，刘备一时也离不开他，现在他的哥哥诸葛瑾是主公的谋士，主公可以把诸葛瑾全家老少都抓起来，让诸葛瑾入西川告诉诸葛亮，逼他劝刘备将荆州还给主公。就说如果不还，主公就会杀了诸葛瑾一家。诸葛亮看在他哥哥的面子上，肯定会去求刘备，刘备器重诸葛亮，一定会答应。”孙权一听，感到很失望，说道：“诸葛瑾是个诚实的君子，我怎么可能把他全家抓起来，这条计策不行。”张昭连忙解释说：“主公可以告诉诸葛瑾这只是计策。”孙权想了一下，说：“我要问问诸葛瑾，如果他愿意，我们才能这样做。”便派人去请诸葛瑾。等诸葛瑾来到，孙权婉言告诉他张昭的计策。诸葛瑾立即表示同意。孙权这才派人带了些军卒，把诸葛瑾的府第包围起来，但不许入府干扰；一面又写了封信，请诸葛瑾去西川。孙权对诸葛瑾说："这次采用这种下策，实在是不想轻易动刀兵，子瑜你就辛苦一趟。"诸葛瑾告辞离去。

谁知，诸葛亮猜出诸葛瑾来索取荆州只是孙权的计策，便假戏真唱，当着诸葛瑾的面，哭求刘备将荆州还给东吴，刘备再三不肯，诸葛亮说道："假如兄长全家被害，我也不忍心一个人活在世上了。"诸葛瑾深受感动。刘备这才慢慢说道："看在军师分上，将荆州的一半还给孙权，给他长沙、零陵、桂阳三郡。"刘备进川时，留下关羽镇守荆州，这时便写信给关羽，让他还东吴三郡。诸葛瑾高高兴兴拿了信，告别刘备和诸葛亮，直奔荆州去见关羽。

关羽将诸葛瑾请入府中，分宾主叙话。诸葛瑾拿出刘备的书信，请关羽交还三郡。关羽一听，便沉下脸来，说道："荆州本是汉室疆土，我兄长是汉室宗亲，怎么能把荆州的尺寸土地给别人？'将在外，君命有所不受。'虽然我兄长写了信，我却不能还你。"诸葛瑾很吃惊，只好再三请求。关羽勃然大怒，说道："不要再说了！否则我这把剑可不讲情面！"关羽义子关平劝道："军师面上恐怕不好看，请父亲息怒。"关羽喝道："不看军师面上，教你回不去东吴！"诸葛瑾气得满面通红，立刻告辞，又回西川去见诸葛亮，可是诸葛亮已经找借口离开了成都。刘备装出一副无可奈何的样子说："我弟弟脾气暴躁，我也没办法。请子瑜暂且回去，等我取了东川、汉中等地，调云长去守那儿，再把荆州还给你们。”诸葛瑾万般无奈，只好回来见孙权。

孙权非常生气，说道：“既然刘备答应先还三郡，立刻派人去长沙、零陵、桂阳上任，看他关羽能怎么样！”诸葛瑾说：“主公说得很对。”孙权于是让诸葛瑾回去好好休息，一面便派人去三郡赴任。可是，没到两天，那些官员又回来了。他们告诉孙权：“关羽不肯接纳，将我们连夜赶回，并口称走得迟些便杀了我们。”孙权听后大怒，立刻命人召来鲁肃、吕蒙。三人商议之后，孙权令吕蒙带领两万人马去夺取长沙、零陵、桂阳三郡；鲁肃统领大队人马驻扎在巴丘抵御关羽，孙权亲自坐镇陆口（今湖北嘉鱼）调度军队。

由于刘备进川时，几乎调走了所有的有名上将，所以，吕蒙不费吹灰之力，便攻破了长沙、桂阳两郡，带兵围攻零陵。零陵太守郝普拼命据守城池，吕蒙虽连攻数日，也没拿下零陵。正在这时，孙权派使者给吕蒙送来密信。原来刘备在西川听说孙权派吕蒙袭取长沙等三郡，非常震惊，亲自率兵顺江而下，驻扎在公安（今湖北公安），并派关羽进攻鲁肃，夺回三郡。鲁肃带兵抵抗关羽，一时难以取胜。孙权决定调吕蒙回来帮助鲁肃，自己领兵敌住刘备。

吕蒙接到信后，不甘心放弃零陵，沉思半天，终于想出一条攻心计。他夺取长沙时，请来了郝普的好朋友邓玄之，当天，吕蒙便设宴款待他。夜里，吕蒙隐瞒了刘备、关羽已经出兵的消息，他召来众将，命令他们明天佯装强攻零陵。第二天清晨，东吴众将做好了攻城准备，吕蒙请邓玄之一起观战。他语重心长地说：“郝普是个忠义的人，但现在不是行忠义之事的时候。刘备在汉中与夏侯渊争战，无法脱身；我家主公又亲领人马包围了荆州，关羽也无法来解零陵之围。长沙、桂阳已经投降，这您都亲眼所见。我的士卒乘胜来取零陵，士气旺盛，训练有素，一二日之内必破零陵。郝普一味顽抗，到城破之时，他自己死了也不足惜，可惜他怎么忍心让百岁的老母亲也因为他遭到诛杀。他这是不了解外面的形势，还寄希望于援兵。您是他的好朋友，不如进城去把利害分析给他听，劝他投降。”邓玄之觉得吕蒙说得很有道理，便进城去了。

吕蒙立刻下令停止攻城，先派四员大将各自率领一百名精壮士兵，等郝普一出城，立刻占领城门。过了一会儿，邓玄之和郝普一起走出城门，吴兵立刻占领了零陵。吕蒙哈哈大笑，拉着郝普的手，一起回到军营中，先安慰了他一番，然后才告诉他刘备已到了公安，关羽也正和鲁肃交战。郝普这才知道中计，又羞又恼又惭愧，但也没有办法。吕蒙留下部将镇守三郡，火速回师去援助鲁肃。

正当吴、蜀争夺荆州时，曹操乘机领兵袭击汉中。刘备害怕西川有危险，为了避免两线作战，派使者向孙权求和。孙权心中很清楚，假如刘备为曹操所灭，东吴势单力孤，一时也难抵御曹操，为了赢得发展的时间，他答应与刘备讲和。两方约定以湘水为界，长沙、江夏、桂阳三郡属吴，南郡、零陵以西属蜀。孙权撤兵回江东。刘备急领军去救汉中。可是，等他到了那儿，曹操已经退兵了。

同年秋天，刘备在成都自立为“汉中王”。孙权派使者前去祝贺。两国互通使者，又建立了联盟。为了加强联盟，孙权决定原谅关羽的傲慢，与他结为亲家。关羽到荆州后，刘备给他娶了妻子，生了一子一女，女儿还没许人。孙权便派遣诸葛瑾去荆州说媒，为自己的儿子提亲。诸葛瑾到了荆州，与关羽以礼相见。关羽问道：“子瑜这次来，有什么事？”诸葛瑾笑道：“特来求亲。我家主公有一个儿子，非常聪明，听说将军有一女，特来求婚。希望两家能结成秦晋之好，同心协力，共破曹操。请将军考虑。”关羽听后却大发雷霆，骂道：“我将门虎女，怎么会嫁给孙权那种人的儿子！不看在军师面上，立刻将你斩首！快滚！”诸葛瑾气得拂袖离去，回到东吴一五一十地告诉孙权。孙权大怒，恨道：“关羽实在是太无礼了！”吕蒙说道：“关羽枭雄，时时想吞并江东，之所以没敢进犯，只是势力还不够强大，一旦等他羽翼丰满，又占据长江上游，我们就难以抵挡他了；不如早除祸患，完全占据荆州。”孙权气关羽过于骄傲无礼、目中无人，感到吕蒙说得非常有道理，便又起了争荆州之心。

巧夺荆州

刘备称“汉中王”的消息传到许都，曹操非常震怒。他立即派使者求见孙权，约定一起进攻刘备。为了夺回荆州，孙权答应与曹操联盟。因当时曹仁正占据樊城，孙权便请曹操从旱路进攻荆州，自己领兵从水路接应。其实孙权想借关羽抵抗曹兵时，暗取荆州。曹操同意了。

曹操准备发兵攻打荆州的消息传到成都，诸葛亮棋高一着，命令关羽发兵攻打樊城（今湖北襄阳），令曹操不敢轻易发兵。关羽奉命出征，取得节节胜利，名震华夏。曹操有些惊慌，忙派人向东吴求救。孙权立刻召吕蒙回建业（今江苏南京）议事。

吕蒙听说关羽离开荆州，攻打樊城，也正要赶回来与吴王商量取荆州的大事。两人相见，吕蒙对孙权说：“现在关羽带大军围攻樊城，荆州空虚，正可以利用这大好时机，夺取荆州。”孙权却说：“我认为现在应该去取徐州，你看怎么样？”吕蒙很诧异，勉强说道：“曹操现在在河北，徐州守军不多，只要及时发兵，可以拿下徐州。但徐州地势平坦，陆战虽方便，对水战却不利。即使拿下徐州，也难守得住。荆州在长江上游，刘备久占不还，对我们威胁很大。两

相衡量，不如先攻占荆州，那样我们就可以完全占据长江天险，渡江可以进攻曹操，退可保全领土，你看怎么样？”孙权听罢，哈哈大笑，说道：“我本意就是要攻下荆州。刚才是试探试探你。今天你就赶回陆口，全力以赴夺取荆州。我随后发兵前往接应。”

吕蒙兴冲冲辞别孙权，回到陆口。此时有哨兵报告：“长江北岸，每隔二三十里就设立了一座烽火台，日夜有人值班。”吕蒙不禁皱起眉头。这时又有探马从荆州回来报告：关羽临去攻打樊城时，已将防守工作安排妥当，荆州城戒备森严。吕蒙一听，沉思了一会儿，想出一个好主意来。他借口突然得了急病，卧病不起，让人前去报告孙权。

孙权正准备发兵接应吕蒙，猛听说吕蒙病了，心中愁闷，暗暗想道：“这么好的机会，如果不抓住，以后什么时候才能夺回荆州啊！”孙权正在苦思冥想中，陆逊前来求见，并对孙权说：“吕蒙生病，其中一定有隐情。”孙权听后，心中顿时起了疑惑，对陆逊说：“既然你知道他不是真病，就请你去看看情况。”

陆逊连夜赶到陆口，来见吕蒙。吕蒙正端坐在大帐中，皱着眉头翻看兵书，果然没有生病。陆逊心中暗暗一笑，对吕蒙说：“我奉吴侯的命令，特来探看子明的病情。”吕蒙不动声色地说：“偶然生点小病，没想到劳你来看望。”陆逊也严肃地说道：“吴侯把重任托付给您，您不抓住时机进取，只是在这里犹豫不决，到底是为什么？”吕蒙看看陆逊，还没答话，陆逊又微微一笑，悄声说：“我有一剂药方能治疗将军的病，不知道您是否肯用？”

吕蒙命令左右侍从退下，对陆逊说："伯言（陆逊的字）既然有好药方，还希望你能早告诉我。"陆逊说："您的病，不过是因为荆州已经有了准备，沿江有烽火台联络，一时不好下手。"吕蒙说："你说的正是！"陆逊接着说："我有一条计策，可以让荆州的烽火台举不起烽火，荆州人马束手投降，怎么样？"吕蒙大吃一惊，连忙站起身来，给陆逊施礼，说道："你说的正是我忧愁的原因，请尽快告诉我该怎么办！"陆逊说："关羽自以为是天下无敌的英雄，把别人全不放在眼里，但是他仍然提防着将军您，不如您趁生病的时候要求辞职，让别人来镇守陆口。接替您的人再以谦卑的态度去赞美关羽，使关羽骄傲自满，不再防范我们，这样他一定会调荆州兵马去攻打樊城。到那时，荆州空虚，将军乘机率兵奇袭，可以一举成功。"吕蒙听后，高兴得连连称赞："好计策，太妙了！"

吕蒙以生病为名，要求辞职。孙权不知其中意思，更加烦恼。陆逊告诉孙权这只是计策，他这才放下心来，召吕蒙回来养病。孙权对吕蒙说："镇守陆口的，先是周瑜，周瑜临终前，推荐鲁肃代替自己，鲁肃后来又推荐你代替他。现在你既生病，总要推荐一个人来代替你才好。"吕蒙说："如果任命一个非常有名望的人，关羽一定会小心提防。陆逊很有智谋，又没有太大的名气，关羽不会特别防备他。如用陆逊，使关羽麻痹大意，我们就能成功。"孙权很高兴，就拜陆逊为右都督，代替吕蒙镇守陆口。陆逊上任后，第一件事就是写了一封信赞美关羽，并派人给关羽送去丰厚的礼品。

荆州的探马得知东吴的陆逊代替吕蒙，立即向关羽报告：“江东陆口的守将吕蒙病危，孙权派陆逊接替。陆逊正派人给将军送来了书信和礼物。”关羽一听，心中暗喜，接见了东吴使者，心想：“吴侯见识短浅，竟然派一个年轻的书生镇守陆口要地！”东吴使者拜跪在地上，说：“陆将军送来礼物，一是祝贺您取得节节胜利，二是乞求两家和好，恳请收下。”关羽接过书信，见陆逊写得非常谦虚，自称初出茅庐，非常仰慕关将军，极力赞美关羽的神威，说他是天下无敌的大英雄。关羽非常得意，仰头哈哈大笑，收下礼物。使者见到陆逊回报说：“关羽很高兴，没有一点担忧江东的意思了。”

陆逊开心一笑，然后秘密派人打听关羽的情况。果然，没过两天，荆州的大批军马已被调往樊城听令。陆逊把这个情况报告给孙权。孙权召来吕蒙，拜他为大都督，总领人马进军荆州。吕蒙调集三万精兵，八十多艘快船。挑选一些熟悉水性的士兵扮作商人，全部穿上白色的衣服，在船上摇橹，其余的全部埋伏在各船舱中。又派韩当、蒋钦等七员大将带兵随后。吴侯孙权亲自率军在后接应。

吕蒙率领的快船到达江北，荆州烽火台上的守军发现他们后，立刻盘问。穿白衣的士兵回答说：“我们都是客商，因为江中风浪太大，所以到这里避一避风，请照顾照顾。”一边说，一边给守烽火台的守兵送去金银酒肉等礼物。烽火台上的守兵信以为真，允许他们将船停泊在江边，自己到烽火台上喝酒去了。天一黑，吕蒙命令快船上的白衣军兵离船上岸，登上烽火台，把喝得醉醺醺的守军

全部捆绑起来。这时，暗号响起，埋伏在快船中的精兵全部冲出，以迅雷不及掩耳的速度，奇袭了所有的烽火台。把捉到的守军全部押入船舱中，一点风声也没走漏。吕蒙一刻也没迟延，指挥军士裹起马蹄，卷起旗帜，长驱直入，顺利来到荆州城下。

荆州沉浸在夜幕中，只有谯楼上有一两点昏暗的烛火。吕蒙派人带来十几个投降的守军，用好话抚慰他们，又赏赐他们很多东西，劝他们去赚开荆州城门，放火为号，引兵入城。这些投降的军士见吕蒙和蔼亲切，又表示不杀城中军民，连声答应而去。夜深了，来赚城门的军士在城楼下大叫开门。守城的士卒一看，都是自己人，便把城门打开，让他们入城。这些已降的军兵按约放起火来。东吴军兵看到火光，呐喊着冲出，一举占领了荆州。进城后，吕蒙立刻号令军卒："如果有人随意杀人或拿老百姓的东西，立刻斩首。"吕蒙又派人去保护关羽的家属，不许闲杂人等去骚扰。并且让荆州原来的官吏仍然做他们的官，荆州城中，秩序依旧，没有发生任何骚乱。天正在下雨，吕蒙带人巡查四面城门的防守情况。他发现一个军士把老百姓房檐下挂的斗笠取下来盖在铠甲上，立刻喝令将那军士抓来审讯。这人正是吕蒙的同乡。吕蒙训道："我有令在先，不许拿老百姓的东西。你明知故犯，虽然是我的同乡，也要按军法处置。"军士流泪报告："我怕雨打湿铠甲，并不是为了个人私利。"吕蒙心中虽然很难过，但为了严肃军纪，还是下令将他推出斩首。将士听说这件事，再也不敢动百姓的一草一木。荆州的百姓深受感动。

孙权得到喜讯，亲自领兵来到荆州。吕蒙带领荆州官员迎出城外。孙权高兴地站在荆州城上，思念周瑜，怀念已逝的鲁肃，感慨万分。他深情地拍着吕蒙的肩膀，忍不住哈哈大笑起来。

荆州
吴

擒杀关羽

孙权占领荆州后，又派虞翻去招降公安守将傅士仁和南郡（今湖北公安西北）守将糜芳。这两人因为喝酒误事，曾受过关羽的责罚，所以，虞翻去后，稍作游说，他们很快归降了东吴。这样，东吴就完全占有了荆州六郡。

孙权知道关羽一定会来夺荆州，便与吕蒙仔细商量一番，决定先利用荆州百姓动摇关羽军队的军心，并设下重重埋伏，单等关羽自投罗网。果然，关羽在樊城听说荆州丢失，非常震惊，立刻带军回来夺荆州。未走一半路程，忽然喊声震天，一支人马拦住关羽的去路，为首大将正是东吴蒋钦。蒋钦勒住战马，手提大枪，对关羽说：“云长（关羽的字），为什么还不投降？”关羽大怒，骂道：“我是大汉的将军，怎么会投降你们这些反贼！”拍马挥刀，直取蒋钦。蒋钦急忙招架，没战三个回合，掉转马头就跑。关羽紧紧追赶。突然间喊声四起，韩当在左，周泰在右，各带人马从山谷中冲杀出来。蒋钦也回马来战关羽。关羽一看不好，急忙收军突围。没走多远，看见路旁的山冈上聚集着密密麻麻的老百姓，一面白旗上写着“荆州土人”，在风中飘舞。他们呼儿唤友，高声大喊：“荆州子弟快快投降吧，东吴将士对我们非常好！”关羽军中有很多本地人，当听说吴军占领荆州时，都为自己的亲友担心，早已没有什么心思再打仗了，现在又听亲友呼唤，于是纷纷逃散。关羽喝令不住，勃然大怒，正准备冲上山冈厮杀，忽见山谷中又冲出两支人马，左边丁奉，右边徐盛，会合蒋钦等三路人马，将关羽团团围住。最后，关羽身边只剩下三百多名亲兵，他心中怒火燃烧，拼命厮杀。终因寡不敌众，陷入困境。正在危急时刻，关平带着人马杀出重围，救出关羽。他们带着残兵败将退到麦城（今湖北当阳东南）据守。

孙权乘胜追击，指挥人马迅速包围麦城。东吴将领纷纷要求强攻麦城，活捉关羽。孙权命令退下，独自一人在帐中沉思。谋士诸葛瑾看透了孙权的心思，主动要求进城去劝关羽投降。孙权很高兴，他诚恳地对诸葛瑾说："关云长智勇双全，是难得的人才。只是他跟随刘备多年，不知是否愿意投降。如果你能说服关羽，可就是一大功劳。"诸葛瑾奉命离去。没过多久，便回来向孙权报告："关羽的心，像铁石一样坚硬，我说了半天，晓以利害，他却怒气冲天，宁死不降。实在没法说服他。"孙权感叹道："果然不出所料，云长真是忠臣啊！"

随后，孙权召来吕蒙商议，他说："关羽不愿投降，为了保证荆州的安全，必须除掉他。你有什么好计策？"吕蒙不假思索地说："这个问题我已经考虑很长时间了。关羽手下只剩几百残兵，不少人已经受伤，丧失了战斗能力。麦城很小，城中并没有多少粮草，他很难坚守麦城。我得到军卒报告，麦城中曾冲出一员战将，向西川逃去，肯定是去求援的。然而，据我们打探的兵士报告，到现在为止，蜀国没发援兵。没有援兵，关羽一定会放弃麦城，逃回西川。他的人马太少，不敢冒险走大路。麦城北面有一条险峻的小路通往西川，估计他会选择小路逃出。我准备先派朱然带领五千精兵埋伏在麦城城北二十里的地方，如果关羽领兵来到，不要和他正面交战，只在背后追杀，使他们感到疲惫不堪。关羽带军士逃跑途中，无心打仗，必然逃奔临沮（今湖北当阳西北）。可命令潘璋带领五百精兵，埋伏在通向临沮的偏僻小路上，活捉关羽。”孙权听完，不禁拍案叫好。吕蒙继续说：“我们先向麦城发起进攻，只攻打东、西、南三门，留北门让他逃跑，关羽即使能飞，也冲不出这天罗地网！”孙权连连称妙，嘱咐吕蒙按计行事。

关羽苦守麦城，日复一日，城中粮草已尽，却仍不见援兵的影子，便决定放弃麦城，回西川后整顿兵马，卷土重来，夺取荆州。他留下周仓等人守麦城，带着关平等两百名亲兵，在寒风呼啸、大雪纷飞的黄昏，冲出北门，踏上了回西川的艰难道路。

夜幕降临，天空中仍飘着白雪。关羽身穿绿袍，手持青龙偃月刀，骑马走在队伍的最前面，关平紧随父亲身后。刚出城二十多里，忽听山谷中金鼓齐鸣，喊声一阵紧似一阵，一支人马冲出山谷，拦住关羽的去路。东吴大将朱然拍马上前，大声喝道：“云长早早投降，饶你不死！”关羽一听，火冒三丈，拍马舞刀来战朱然。朱然并不交战，带军马撤退，关羽不听关平的劝告，在后紧紧追赶。随着一阵战鼓响，东吴的五千伏兵猛地从雪堆中杀出来。关羽不敢恋战，带人马往临沮的小路逃跑。朱然依计带兵追击。关羽的人马越来越少。又走了二十多里，好不容易才摆脱了朱然的追杀。关羽刚轻轻吁出一口气，前面的雪地上忽然又冒出火光，杀声随风飘来。东吴大将潘璋带领人马，来战关羽。关羽不禁大怒，舞起大刀，劈向潘璋。没打几个回合，潘璋招架不住，纵马逃跑。关羽不敢追杀，急忙奔上崎岖的山路，十几个亲兵紧随，关平骑马断后。

夜越来越深了，雪越下越大，路越来越难走。关羽一路披荆斩棘，在前开道。奔波了一夜，他们已经筋疲力尽，饥寒交迫。天渐渐亮了，忽听一声呐喊，东吴伏兵将长钩套索"啪"地绷起，关羽心爱的坐骑赤兔马猝不及防，立刻绊倒在地，关羽翻身落马，还没来得及动弹，早被东吴军兵快速捆绑起来，为首的正是潘璋的部将马忠。关平见父亲被俘，火速赶来救援。这时，朱然、潘璋一齐杀到，将关平紧紧围住，关平奋勇厮杀，终因寡不敌众，也被活捉。

天刚亮，孙权听说关羽父子已被生擒活捉，非常高兴，立刻升帐，令人将关羽带进来。孙权见关羽毫无惧色，心中暗暗称赞，说道："关将军，我一直非常敬佩您的品德，曾经想与您结成儿女亲家，没想到遭到将军您的拒绝，您平时自以为天下无敌，今天却被我抓获，是服还是不服？"关羽凤目一睁，厉声骂道："我与刘皇叔结拜，立誓重振汉室，怎肯与你等背叛汉室的逆贼做朋友！今天我误中你的奸计，宁可一死，何必多说？"孙权没再多说，令人暂时将他押下去。

孙权对左右说："关云长是当今豪杰，我特别喜欢他。打算以礼相待，劝他归降，你们认为怎么样？"有人当即表示反对：“不可。当年，曹操对待关羽，又是封侯又是赐爵，三天一小宴，五天一大宴，盛情招待他，并送给他无数的金银财宝和美女，都没能留住关羽，后来听任他过五关斩六将去寻找刘备。这次他在樊城破曹兵，吓得曹操想迁都逃跑，就是当初留下的祸根。今天主公既然活捉了关羽，就应该立即除掉他，免得重步曹操的后尘！”孙权本想劝降关羽，为自己效命立功，但他也知道劝降不会成功，所以，最后还是命令部下将关羽父子一起处死。

孙权大摆宴席庆功。侍从报告张昭前来祝贺。张昭刚到荆州，听说孙权杀了关羽，吓了一跳，急忙求见，说道：“主公您杀了关羽，真是太失策了。江东大祸不远了。”孙权忙问为什么。张昭说：“当年，关羽与刘备、张飞桃园结义，誓同生死。现在刘备已经拥有西川，势力大增，又有诸葛亮做军师，还有张飞、黄忠、赵云、马超等英勇善战的大将辅佐。刘备知道关羽被杀，必然兴兵来为关羽报仇。江东恐怕很难与他对抗啊。”孙权缓缓放下手中的酒杯，皱着眉头说道：“事情已经发生了，现在怎么办才好呢？”文武官员面面相觑，一时想不出好主意来。

果然，刘备在成都听说关羽遇害，痛哭不止，发誓与东吴势不两立。他点齐七十万军马顺江而下，前来为关羽报仇。

降魏受爵

孙权听说刘备亲率七十万大军来为关羽报仇，心中感到惊惶，吩咐侍从立刻请吕蒙前来议事。侍从回来报告，吕蒙病重，已卧床不起。孙权吃一惊，便亲自去看望吕蒙。吕蒙真的病了，几天不见，正当壮年的吕蒙已被病魔折磨得憔悴不堪。孙权心中非常难过。

吕蒙与周瑜、鲁肃不同，他是个孤儿，十几岁就投身军旅，没有什么文化，但非常机灵勇敢。孙权一次阅军时，发现了吕蒙的聪明才智，很欣赏他，常常劝他利用空闲时间好好读书。后来，吕蒙刻苦发愤，果然迅速成长为一个智勇双全的将领。

鲁肃很欣赏吕蒙的才干，临终前郑重向孙权推荐他接替自己的职位。孙权和吕蒙年纪差不多，言谈投机，所以什么事都爱和他商量。两人虽有君臣之分，却互相引为知己。吕蒙这次顺利夺取荆州，更使孙权高兴。

为了治好吕蒙的病，孙权下令，谁能治好吕蒙的病，赏赐黄金一千两。可时间一天天过去，吕蒙的病情越来越严重。孙权心中非常焦急，他想常去看望吕蒙，又担心会惊扰他不能好好休息。后来，谷利给孙权出了一个好主意，他派人在病床前的屏风上挖一个小洞，孙权每次可以从屏风的小孔看看吕蒙，可不必惊动他。孙权暗暗祈祷苍天，希望吕蒙早日康复；然而，没过多久，吕蒙终于病逝，年仅四十二岁。孙权悲痛万分，下令厚葬。

正当孙权沉浸在失去吕蒙的痛苦中时，探马来报，蜀国大军已经出川口，正向夷陵（今湖北宜昌）进军。孙权紧皱双眉。这时，曹操已死，他的儿子曹丕废了汉献帝，自立为王，迁都洛阳（今河南洛阳），建立魏国。孙权再三考虑，决定归还荆州，送回孙夫人，向刘备求和。诸葛瑾主动要求去白帝城劝说刘备罢兵。诸葛瑾走后，张昭对孙权说：“诸葛瑾看蜀兵势力强大，以讲和为借口，背吴投蜀，恐怕不会再回来了。”孙权摇摇头，说道：“我和子瑜（诸葛瑾的字）有生死不变的盟约，我不会辜负他，他也决不会辜负我。他怎么可能去投降蜀国！我们之间的关系，是别人离间不了的。”张昭虽没再说什么，心中却很不以为然。

没过多久，诸葛瑾回来了。殿堂上，孙权意味深长地看了张昭一眼。张昭满面羞愧，低下了头。然而，诸葛瑾并没有带回好消息。他说刘备怒火冲天，不报此仇决不罢兵。孙权听后，大吃一惊，说道：“这样，江东就很危险了。”中大夫赵咨站出来建议道：“我有一个好计策，可以解除江东的危机。”孙权忙问：“你有什么好主意？”赵咨说：“我们可以向魏称臣，请求曹丕乘刘备远征之机，袭取汉中，蜀国自身遭到威胁，必然撤军。”孙权根本不想向魏国称臣，但这时没有别的办法，只好采纳赵咨的建议。他写好书信，派赵咨出使魏国。临行前，他语重心长地嘱咐赵咨：“你到

魏国以后，千万别丢失了我们江东的尊严。”赵咨发誓说：“主公放心，如果有损害江东尊严的事情发生，我就没脸回来见江东父老。”孙权放心地点了点头。

赵咨昼夜兼程赶到洛阳见曹丕。曹丕笑对文武官员说：“孙权想退蜀军，才来相求。”他传令让赵咨进殿。赵咨施礼，呈上降表。曹丕看完，心中非常得意，问道：“吴侯算是什么样的君主啊？”赵咨答道：“吴侯是聪明、仁智、有雄略的君主。”曹丕不以为然地笑道：“你是不是过分夸奖他了？”赵咨严肃地说：“我并没过分称赞吴侯。鲁肃是个平民布衣时，吴侯能发现他出众的智慧，这是吴侯聪明的地方；吕蒙原来只是一个小小士卒，吴侯能够培养提拔他，将军事重任托付给他，这是吴侯高明的地方；吴侯曾抓获大将于禁，却并没加以伤害，反而放他回去，说明吴侯是一个仁爱的君主；军队没受任何损失就巧取了荆州，说明吴侯是一个有智慧的君主；占据三江的地盘虎视天下，可以说吴侯是一个杰出的君主；这次情愿向您称臣，可以说吴侯是有谋略的君主。这难道不能说明吴侯是一位聪明、仁智、有雄略的君主！”

曹丕心中暗暗赞叹赵咨的智慧和敏捷，但他仍不甘心，又问：“吴侯是一个有学问的人吗？”赵咨毫不犹豫地说：“吴侯拥有上万艘大型战船，上百万精壮的士兵，他能够使贤士各尽其才；他胸怀大志，日理万机，稍有空闲就认真读书，从书中吸取治国治军的经验，不像一般的书生只知死记硬背其中的词句。”曹丕冷笑一声，说道：“假如我现在出兵讨伐吴国呢？”赵咨毫无惧色，坦然答道："大国有兵力侵犯小国，小国也有抵御的办法。"曹丕紧紧追问："吴国惧怕魏国吗？"赵咨不假思索地回答："吴国拥有百万精兵，又有长江、汉水天险，为什么惧怕魏国？"曹丕见赵咨不辱使命，很有才干，转而问道："东吴像你这样的人有多少？"赵咨谦虚地说："吴国聪明绝伦的谋士就有八九十个，像我这样的人，车载斗量，数不胜数！"曹丕暗自叹服，用略带称赞的口气对赵咨说："奉王命出使四方，自尊自重，能够维护国家的尊严，说的就是像你这样的使臣啊。"

接见赵咨后，曹丕决定接受孙权的降表，封孙权为吴王，加九锡仪仗。大夫刘晔上前劝道："孙权现在惧怕蜀国的进攻，才来投降。以我的见解，吴、蜀交战，正是消灭他们的好时候，主公不如派上将统领百万雄兵，渡过长江，攻打吴国，吴国受到两面夹击，很快就会灭亡。吴国[illegible]亡，蜀国势单力孤，不需多久也将归于主公，主公即可一统天下。"曹丕笑笑，说道："孙权既然已来投降，如果我们再攻打他，显得不仁不义，会失去民心的，天下想投降的人也不敢来了。所以，暂时还不能攻打他。"刘晔又说："孙权虽然有雄才大略，但只是汉朝的骠骑将军，官职很小，所以很畏惧主公。如果这次加封为王，他与您相差无几，简直是如虎添翼啊。"曹丕对他说："你真以为我要帮助他吗？不是！我不讨伐吴国，也不进攻蜀国。待吴、蜀相斗，两败俱伤时，我再消灭他们，岂不是更容易吗？我已经决定，不要再说什么了。"于是，派邢贞同赵咨一起去江东宣旨。

孙权正召集文武商议对付刘备的办法，有人报告说赵咨

回来了，魏王曹丕封主公为吴王，请前往接旨。谋士顾雍立即劝道："主公应该自称为王，不能接受曹丕的封赐。"孙权淡淡一笑，说道："当年，汉高祖为了长远的打算，也曾经受过项羽的封赠，这只不过是个谋略，为什么要拒绝呢？"说完，带领文武官员出城迎接圣旨。谁知邢贞自以为是大国的使者，见到孙权竟然不下车施礼。孙权虽然心中很不高兴，但并没有表露在脸上。长史张昭忍不住勃然大怒，他厉声喝道："自古以来，礼法要求以礼待人，你竟敢妄自尊大，难道认为江东无人吗？"邢贞一听，觉得非常惭愧，连忙下车，给孙权施礼。正在这时，孙权背后一人放声大哭，喊道："我们身为战将，不能舍弃性命奋勇杀敌，为主公消灭仇敌，却让主公受赐封爵。耻辱啊，真是天下的耻辱啊！"大家一看，原来是徐盛，孙权心中不自觉地涌上一丝酸楚。邢贞听后感叹道："江东的文武如此刚烈自尊，吴国决不会久为人臣啊。"孙权假装没听见，请邢贞一同进城。

送走邢贞后，孙权召来赵咨，详细询问出使情况。赵咨说："曹丕并不愿意出兵攻打蜀国。"孙权笑了，说道："我们怎么会希望曹丕派兵支持我们呢！曹丕是一个奸诈阴险的人，我们递上降表，只不过是稳住他，让他不乘危袭击我们，陷江东于腹背受敌的困境就满足了。现在，目的已经达到，我们可以全力以赴对付刘备了。"

筑坛拜将

孙权受封吴王后，消除了两面受敌的后顾之忧，全力以赴同刘备作战。他先派侄子孙桓和大将朱然率领五万人马迎击刘备。孙桓和朱然初战告捷，大胜蜀兵。谁知没过几天，他们中了蜀军的诈降计和调虎离山之计，在前去偷营劫寨时，陷入蜀军的重重包围，损失惨重。孙桓带领残兵据守夷陵，连夜派人回江东求救。孙权得知，立刻派遣老将军韩当、周泰、甘宁统领十万人马前去援助孙桓。

刘备听说孙权派来援军，亲自统领大军前来迎战韩当。关羽的儿子关兴，张飞的儿子张苞，奋勇厮杀，东吴连折两员大将，韩当抵挡不住，只好撤兵。刘备将马鞭一指，八路蜀军一齐冲入东吴阵中。吴军寡不敌众，连连败退。老将军甘宁身患重病，在战斗中阵亡。韩当、周泰带着兵将固守猇亭，再次派人向孙权告急。

孙权接到告急文书，眉头紧皱；又得知甘宁阵亡，心中哀伤不已。他下令具礼厚葬，立庙祭祀英魂。紧接着，前线文书又到，原来傅士仁和糜芳见蜀军势力强大，便去投降蜀军，被刘备杀了。孙权心惊，不由得长叹一声，对左右文武说道：“公瑾在时，常为我排忧解难，其后是鲁肃，鲁肃之后有吕蒙，现在难道再也找不到人为我献计献策了吗？”文官武将你看看我，我看看你，一时无人答话。

忽然，阚泽起身而出，大声说：“东吴现有擎天玉柱，主公为什么不用呢？”孙权忙问：“是谁？”阚泽说：“虽然周郎、鲁肃、吕蒙都去世了，可是还有陆逊陆伯言在荆州。陆逊智谋超人，具有雄才大略，决不在周郎之下。上次奇袭荆州，不正是得力于他的计谋吗？主公如能起用陆逊，何愁不能打败蜀军！”阚泽怕孙权还有什么犹豫，立刻又加上一句：“如果陆逊有什么差错，臣甘愿与他一同承担罪责。”孙权猛地醒悟过来，说道：“幸亏你及时提醒我，我怎么竟把他忘了，险些误了大事！”孙权决定立刻派人去荆州召回陆逊。张昭连忙阻止道：“陆逊是个平平常常的书生，缺乏作战经验，刘备久经沙场，老奸巨猾，陆逊恐怕不是他的对手。主公您不能把大任托付给他。”顾雍也跟着说道：“陆逊年纪轻轻，没有什么威望，把大任交给他，恐怕将士们也不服他，如果导致内乱，军心涣散，必误大事！”步骘也对孙权说：“陆逊虽然有些才干，但至多能做一个太守这样的官。如果把军国大事托付给他，恐怕不太合适。”阚泽再也忍耐不住，大声喊道：“如果不用陆逊，东吴就要灭亡，我愿意用全家性命为陆逊作担保！”孙权看看阚泽，又看看张昭等人，说道：“各位都不要再争，我深知陆逊是一个不可多得的奇才，决定立即起用。”

陆逊见诏，急忙赶回京城，去王宫参见孙权。孙权说：“伯言，现在蜀军大兵压境，来势凶猛。我要任命你为大都督，率军攻打刘备，你意见怎样？”陆逊沉思了一下，说道：“江东的文武官员，大多是跟随主公很久的老臣。我年纪很轻，又没有什么才能，他们肯听从我的指挥吗？”孙权说道：“阚泽以全家性命保你率军出战，我也很了解你，希望你不要再推辞了。”陆逊反问道：“假如文武官员不服，怎么办？”孙权为了解除陆逊的顾虑，转身拿出自己佩带的宝剑，双手捧着，对陆逊说：“我将这把宝剑赐给你。假如有人不听将令，可以先斩后奏。”陆逊刚想去接宝剑，转念一想，又对孙权深深施了一礼，说道：“陆逊很感激主公器重。既然您将大任托付给我，我一定尽心尽力为您效劳。但是，还要请求主公您明天会聚文官武将，再把宝剑赐给我。”孙权知道陆逊还有顾虑，便同意了陆逊的请求。

陆逊走后，阚泽急于想知道事情的结果，赶来求见孙权。孙权将陆逊的话如实相告。阚泽说道：“筑坛拜将，古代就是如此。主公您何不遵循古代的惯例，选择吉日，筑起高坛，聚会群臣，当众任命陆逊为大都督，赐给他尚方宝剑？这样才能树立他的威信，使文武老臣敬畏听命啊！”孙权赞同，便派人连夜筑起高坛。

旭日东升，孙权大会群臣，请陆逊登上高坛，当众拜陆逊为大都督，进封娄侯，并亲手将大都督大印和宝剑交给陆逊，令他掌管六郡八十一州和荆州各路人马。陆逊郑重接过宝剑大印。文武百官见吴王如此器重陆逊，也对这个年轻的大都督生出敬畏的情感。孙权叮嘱陆逊：“京城里的事，我来过问；京城以外的事，一切由你全权处理。”陆逊听后，

非常感动，随后领命下坛，命令徐盛、丁奉为护卫，带领十万人马，当天即出师迎敌；同时，派人调整各路人马，水路并进，到猇亭听令。

韩当、周泰接到京中文书，大吃一惊。两人计议道：“主公派一个书生来统领兵马，岂不误事！”陆逊到猇亭后，众将都不服气，勉强参见。陆逊并不理会他们的无礼，严肃地宣布说：“主公命我为大都督，率军攻打刘备。军有军法，希望各位将军谨慎遵守，如有违犯，休怪军法无情。”周泰应声说道：“目前，孙桓将军被困在夷陵城中，内无

粮草，外无救兵，希望都督想办法救他。”陆逊说：“孙桓将军治军有方，将士们都很拥护他，肯定能守住夷陵，不必去救。等我破了蜀军，夷陵的包围自然就解除了。”众将都觉得非常可笑。韩当、周泰交换了一下眼色，心想：这个书生，只会说大话，没有一点计谋，主公用他做统帅，看来东吴要完了。

第二天，陆逊传令众将，各自牢牢地把守隘口，不许轻敌，没有将令，不许出城交战。众将都以为陆逊懦弱、胆小，行动上不好好执行他的将令。陆逊发现后，严厉地告诉众将：“我奉主公命令，统兵打仗，已三令五申，让你们坚守隘口，为何不遵将令？”韩当说：“我们跟随孙将军，身经百战，从来都是身穿铠甲，手执利刃，冲锋陷阵，不甘落后，从未执行过这种怕死的命令。既然主公任命你为大都督，你就应该定下妙计，打败蜀军，而你却让我们坚守，挫伤我们杀敌的锐气！”帐中将领齐声喊道：“韩将军说得对！”陆逊听完，起身拿起宝剑，厉声喝道：“住口。我本来是一个平凡的书生，现在，既然奉主公之命，担任大都督之职，就必须令出必行。请各位好好把守各处险道隘口，不许乱动。有违令的，立斩不饶！”众将心中虽然不服气，但不能违抗将令，只好听令而行。

韩当、周泰等人回营以后，先后给孙权写信，报告了陆逊的所作所为，说陆逊贪生怕死，懦弱无能，不能担当大任，请求孙权早日另派有才干的人来任大都督。孙权接到封封来信，陷入沉思。张昭、顾雍等人再次劝说孙权另派德高望重的人去替代陆逊。阚泽暗暗着急，正要开口，孙权语重

心长地说："自古以来，用人不疑，疑人不用。陆逊年纪虽轻，但非常有谋略，他坚守不战，自然有他的道理，决不是懦弱无能，请你们都别再说了！"说完，命令使者带信给韩当、周泰等人，希望他们配合年轻的陆逊打赢这一仗。

火烧连营

刘备的军马自猇亭扎营，一直绵延到川口，约七百余里，四十个营寨。白天密集的旌旗似乎能遮天蔽日，夜晚灯烛火光映红了整个天空。刘备听说东吴派陆逊为将，坚守关口，拒绝出战，便亲自带人马搦战攻打。陆逊严令众将坚守不战，并亲自到关口观察。韩当看见蜀军中黄罗伞盖下的人是刘备，急要出战。陆逊喝止道：“刘备出川以来，已经连续打了十几次胜仗，士气正旺，我们现在不能与他硬拼。希望大家利用我们有利的地形，小心防御，只要拖延时间，等到对方将士的精神懈怠，那时我们出奇制胜，会一举成功！”

刘备远离国土，兴师动众攻打东吴，很想速战速决，他命令将士天天前去挑战，百般辱骂吴军。东吴将士也是血性男儿，什么时候受过这种侮辱！韩当老将军更是气得浑身发抖，众将也纷纷要求出战。陆逊冷静劝解，令将士们把耳朵塞起来，不听便不生气。这时，天气越来越热，火辣辣的太阳烤得蜀军营寨像蒸笼一样热。刘备心中着急，下令把营寨移向山间树林茂密阴凉的地方，休息待命。

为防吴军趁移营时偷袭，刘备又令先锋吴班带一万名老弱残兵去关前骂战，自己带领八千精兵埋伏山中，若吴兵出战，便将计就计，一举消灭。吴班接到命令，带着人马，一早就去关前挑战，耀武扬威，辱骂吴兵。很多蜀兵索性脱了衣服和铠甲，赤身裸体，有的睡在草地上，有的就坐在那儿骂。吴军将士看到这种情形，都觉得受不了这种极大的侮辱，甚至连丁奉、徐盛也忍受不住了，坚决要求出战。陆逊耐心地劝解二位将军说："将军只知道拼杀，根本不懂得兵法，这是很明显的诱敌之计啊。"徐盛说："蜀军移营，可以乘乱攻击他们。"陆逊扬眉笑道："我就等着他移营呢。"众将怀疑陆逊是找借口掩饰自己的软弱，有的还暗暗嘲笑他。

这天一大早，陆逊突然命令众将在关隘口集合，一起仔细观察蜀军行动。众将只见吴班的人马慢慢退去，全副武装的八千蜀军簇拥着刘备从山谷中走了出来，回归营寨。这时，陆逊对众将说道："我不让你们出去，正是因为这个原因。蜀军见我们长时间不出战，天气炎热，士气渐渐低落。我们大破蜀兵的时机马上就要到了。"众将听罢，个个心服口服，认为陆逊确实很有谋略，无不赞叹。

陆逊定下破蜀大计，派人秘密报告孙权。孙权特别高兴，说道："江东有如此的将领，我还有什么好担忧的呢？"随即下令起兵，接应陆逊。

陆逊看到蜀兵确已精神懈怠，筋疲力尽，知道时机已成熟，心中暗暗高兴。召集众将说："我奉命指挥军队以来，一直没有出战。现在进攻的时机已到，谁敢出战，先攻下蜀军的第一所营寨？"韩当、周泰、丁奉、徐盛等纷纷站起来，要求出战。陆逊一个也没用，倒选中了不起眼的末将淳于丹前往。淳于丹乐滋滋地领命而行。陆逊叫过丁奉、徐盛，命令他俩引兵三千出城埋伏，一旦淳于丹败回，就去救他，但不许追赶蜀军，两人依计而行。

淳于丹黄昏出城，三更时杀到蜀寨。蜀营大将傅彤带兵迎战。傅彤大枪一举，拍马直奔淳于丹。战到十几回合，淳于丹败下阵来，率众逃回。傅彤紧紧追杀，忽然，一声鼓响，喊声大起，蜀将赵融带兵截住淳于丹的去路。淳于丹大惊失色，虚晃一枪，夺路奔逃，吴兵损伤大半。淳于丹正急忙奔逃，山后又冲出一支军马，为首的是番将沙摩柯。淳于丹心中慌乱，拼命厮杀，冲破沙摩柯的阻挡，一个劲地往回跑。三路蜀军在后面紧紧追赶。眼看就要到关口，早已埋伏在此的丁奉、徐盛率兵冲出，杀退三路蜀兵，救了淳于丹回营。淳于丹身中数箭，进营请罪。陆逊一面忙命人为他治伤，一面安慰他说：“这不是你的错，我们目的是想试试蜀军布防和实力。”丁奉说：“蜀军作战勇猛，很难抵挡。一旦出战，我们只怕会损兵折将。”陆逊笑道：“不必担心，我这条计策只瞒不过诸葛亮，幸好他不在这里，真是天助我们成功啊！”说完，命令大小将士明天中午备好干粮，每人带上一把茅草，里面暗藏硫磺等易燃物品，各自带好火种和锋利的兵器，夜间到蜀营后，一齐冲上，顺风放火。隔一营烧一营，蜀军四十营，点燃二十营。他要军兵点火以后，乘乱攻击蜀军，活捉刘备。将士们听说要战，个个摩拳擦掌，心中高兴。大家准备妥当，等待出发。

天色渐渐暗下来，半夜时分，东南风起。蜀营的第一个大寨突然起火，刘备大惊，以为军士不小心，连忙派人去救；可是，紧接着，又有几个营寨起火。风助火势，火借风威，树木杂草全都燃烧起来，蜀营很快就淹没在一片火海之中。蜀兵惊慌失措，到处乱跑，马踏人踩，死者不计其数。火光中吴兵奋勇向前，杀声震天动地。刘备慌忙上马西逃。丁奉、徐盛两下夹击，将刘备包围。正在此时，刘备手下张苞杀入重围，救出刘备。又遇傅彤前来寻找刘备，两人保护刘备来到马鞍山。脚跟还未站稳，忽听山脚下金鼓齐鸣，喊杀声此起彼伏。原来，陆逊指挥大队人马包围了马鞍山。傅彤拼命守住山口，阻挡吴军上山。刘备在山顶上看见下面火光四起，漫山遍野都是吴军，蜀兵死伤惨重，心中难过，落下泪来。

第二天，陆逊也不强攻，命令军士放火烧山。大火迅速蔓延，蜀兵东奔西跑，各自逃命。刘备焦急得在山头上转来转去。忽然，从山口冲上来一位银盔银甲的少年将军，下马跪在刘备面前，原来是关兴。关兴禀报：“到处都是大火，这里难以久留，不如奔往白帝城，然后再收拾军马。”刘备问：“谁断后？”傅彤应声答道：“我愿阻挡追军。”于是，关兴开路，张苞保护刘备在中间，傅彤断后，冲下山来。吴兵看到刘备想冲阵逃跑，都想来活捉刘备，争立大功，各路人马紧追不放。刘备等人边战边逃。不一会儿，前方又响起喊杀声，东吴大将朱然率江中水军冲上岸来，截住了刘备的去路。刘备仰天长叹：“天啊，难道今天我要死在这里吗？”关兴、张苞两人一齐冲向朱然，拼命厮杀。朱然命令弓箭手乱箭齐射，张苞、关兴身中数箭，冲了几次，也没能冲破阻挡。这时，陆逊也亲率大军前来追杀刘备。

正在这危急关头，只见西边冲过来一支勇猛的蜀军，为首一员大将，银盔银甲，白马银枪，那杆枪上下翻飞，东吴军士无法抵挡。只见他杀出一条血路，来到刘备面前。刘备在绝望中一眼认出是赵子龙，心中大喜。赵云本来没随刘备出征，他奉命镇守川口。这天忽然发现江南、江北火光冲天，便知是吴蜀两军交战，于是带人马出川口来打听情况。赵云发现主公正在危难之中，不顾一切赶来救驾。在赵云等人的保护下，刘备才安全逃回白帝城。

陆逊带人马追杀蜀兵，一直追到川口。突然，他命令停止追击，班师回江东。众将心中纳闷，陆逊解释道："曹丕很奸诈，如果知道我们追赶蜀兵到川口，一定会乘机派兵袭击江东。到时候，我军已身在西川，一时来不及返回保卫江东，将造成巨大的损失。"大家这才恍然大悟。陆逊一面命人打扫战场，将缴获的大批粮草、兵器、旗帜、骡马送回江东，一面派使者昼夜兼程，赶回去向孙权报喜。

智拒曹丕

吴蜀猇亭大战后，刘备病死在白帝城，太子刘禅即位，史称“后主”。魏王曹丕打算乘蜀国危难之时，发起五路兵马讨伐蜀国。吴王孙权和蜀国丞相诸葛亮清醒地认识到，吴、蜀只有联合起来，才能和势力强大的魏国相抗衡。于是两国尽释前仇，互通使节，重新建立了吴蜀联盟。

曹丕听说吴蜀再次联盟，勃然大怒，说道：“吴蜀联合，迟早要来侵犯。我当先出兵讨伐他们，杀他个措手不及。”他传下圣旨，先起兵伐吴。令工匠日夜加班，建造了十艘长二十几丈的大龙舟，每船可乘坐两千多人。又准备了三千艘战船。他亲自带领三十多万水陆军马，杀气腾腾，离开洛阳，向东吴杀来。

孙权接到报告，立即召集文武众臣商议对策。顾雍说：“现在我们已经与蜀国联盟，可以派人送信给诸葛亮，让他们起兵袭击汉中，牵制住曹军；我们可以派遣一员大将，屯兵南徐（今江苏镇江），抵抗曹丕。”孙权环顾文武官员，说道：“看来，除陆逊之外，没人能担当起如此重任。”顾雍连忙说：“陆逊驻守荆州，不能轻易调用。”孙权故意长叹一声，说：“我不是不知道，但是除了他，眼下还有谁能挑起这个重担呢？”孙权话音刚落，大将徐盛上前请令：

"臣虽然没有多少才干，愿意带领一支人马和魏兵交战。如果曹丕敢渡过长江，我一定将他生擒活捉，献给主公；如果他不渡江，我也将让魏兵大败而逃，使曹丕以后不敢正视东吴。"孙权非常高兴，说道："如果将军愿意防守长江，我就没什么可担心的了。"随后，孙权封徐盛为安东将军，总领建业、南徐的军马。徐盛谢过孙权，回到营寨，传令众将士多备刀枪、器械和各色旗帜，用以守卫长江。

徐盛部署完毕，一员小将军挺身而出，说："主公将抗敌重任委托给将军，将军也立志要打败魏兵，活捉曹丕；但不知为什么不早早地带领军马渡过长江，到江淮一带去迎战敌人？等到曹丕打到长江边上，恐怕你就来不及战胜他了。"徐盛仔细一看，原来是孙权的侄子孙韶。孙韶年少气盛，非常勇敢，只是有些急躁。徐盛解释说："曹丕这次进军，来势凶猛，又有名将曹真做先锋。我们不能急躁冒进，过江和他们硬拼；要等到他们的战船都集中到长江北岸，我自有办法对付他们。"孙韶根本听不进去，他请求说："我自己手下有三千兵马，也非常熟悉广陵（今江苏扬州）一带的地形。我愿意自己带这些人马过江与曹丕决一死战。如果战胜不了他，甘受军法处置。"徐盛耐心劝阻他，孙韶执意要去。徐盛大怒，说道："都像你这样不听军令，我还怎么指挥打仗？"喝令刀斧手将孙韶推出斩首，以严明军纪。

孙韶的亲兵一看真的要斩孙韶，立即直奔王宫报告孙权。孙权大吃一惊，飞马来救孙韶。孙权喝退刀斧手，令人将绑绳解开。孙韶看到孙权，抽抽泣泣地叙说道："臣以前曾驻守广陵，非常了解那儿的地形。如果我们不在那儿和曹丕斷杀，等到曹丕渡过江来，东吴就保不住了。”孙权一边安慰孙韶，一边带他进入大帐。徐盛上前奏道：“主公以大任相托，孙韶不遵军法，违令当斩，主公为什么要放他？”孙权劝解说：“我知道孙韶这样做不对，他年轻气盛，还望你能饶恕他。”徐盛严肃地说：“国家的王法，不是我规定的，也不是主公规定的。如果因为孙韶是主公的侄子就放了他，以后还怎么要求别人？”孙权只好如实相告：“孙韶并不是孙家子弟。因为我兄长喜欢他才赐姓孙，他一向勇敢善战，立下不少战功。如果杀他，我觉得对不起兄长的托付。”徐盛听孙权话说到这个地步，只好表示饶了孙韶。孙权命令孙韶拜谢徐盛不杀之恩，孙韶气得梗起脖子，大声喝道：“照我的看法，就应该渡江去抗击曹丕。我根本不相信他的那套方法。”徐盛当时脸就变了。孙权厉声喝退孙韶，好言对徐盛说：“将军就权当帐下没有这个人，以后别再用他。”徐盛压下怒火，不予计较。然后孙权放心地回王宫去了。谁知孙韶当天夜里就带自己的三千人马偷偷地渡过江去了。徐盛知道后火冒三丈，又担心他如果受到伤害，孙权心中难过，只好叫来丁奉，授以密计，令其带三千人马过江接应孙韶。其余人马按令行事。

曹丕乘坐龙船，看看离长江越来越近，派人前去打探东吴的情况。探马回报：“遥望江南，一个人影也没有，也看不见旌旗和营寨。”曹丕不信，说道：“这肯定是诡计，我要亲自去看看。”华丽的龙舟缓缓驶进长江，停泊在北岸。曹丕端坐船上，远望江南，果然连一个军卒也没见到。曹丕心中疑惑，问众将：“可以渡江吗？”谋士劝道：“兵法上讲'虚虚实实'，真假难辨，东吴知道我们大军来到，怎么可能不做任何准备？陛下不如再等一等，看看有什么动静。然后，派先锋部队过江去探探虚实。”曹丕觉得这话很有道理，点头同意了。

夜里，曹营的灯笼火把连成一片，映得天边通红。而长江南岸却一点光亮也没有。曹丕问侍从：“这是什么缘故呢？难道江南真的没人？”侍从讨好地说：“肯定是他们听说陛下率领天兵来到，全吓跑了。”曹丕心中暗笑。到了黎明时，天上忽然降下一场大雾，天地间顿时灰蒙蒙的，什么也看不清。过了一会儿，日出雾消，一切又都明朗起来。曹丕再往江南一看，顿时大惊，只见江南一座城池紧挨着一座城池，城楼上刀枪密布，在阳光下耀眼生光，无数的旌旗号带随风飘扬。

曹丕还没想通这是怎么回事，又有探马来报，江南沿江一带，连绵几百里，城郭、战船、战车、人马依次排列，望不到尽头，这都是一夜之间突然冒出来的。曹丕听后万分惊疑。原来，徐盛命令军士将芦苇捆扎成人形，然后穿上军装，拿着旌旗，站在城楼上。那城郭、战车也是假的，都是原先扎好的，远远看去，非常逼真。魏兵看到东吴一夜之间调集这么多兵马来，心惊胆战，以为有神灵帮助他们。曹丕叹道：“魏国虽然也有成千上万的谋臣将士，却没有一个有这等才干的。江南有这么多杰出的人才，看来一时无法战胜他们。”

曹丕还在感叹之中，江上猛然刮起了狂风，一时间巨浪翻滚，凶猛地拍击着魏国的战船。大将文聘看到风浪太大，情况危急，连忙将曹丕背下小船，驶离长江，转移到河港中。曹丕刚定定神，猛然，探马来报：“赵云带领人马出阳平关，直奔长安（今陕西西安）。”曹丕大惊失色，立刻命令撤军。对岸的徐盛看到曹军撤退，连忙指挥军兵渡江追杀。这时曹丕已坐龙舟驶进淮河。忽然，鼓角齐鸣，岸边响起喊杀声，原来，正是早已渡江过来的孙韶带着一支人马杀过来。魏兵难以抵挡，边战边逃，损失惨重。

这时，为了躲避孙韶部队，曹丕借淮河水路乘舟逃跑，孙韶无法追赶。曹丕回头看看早已远去的追兵，长长地松了一口气，但他做梦也没想到，前方水道密集的芦苇中还有一支更加厉害的伏兵在等着他。东吴大将丁奉早已带人将这一带芦苇浇上鱼油。当他们看到曹丕的龙舟进入埋伏圈，一声令下，众军士一齐将芦苇点着。霎时间，所有的芦苇都燃烧起来，熊熊的烈火腾空而起，将曹丕的龙舟团团围住。曹丕进退无路，急忙跳到旁边的一艘小船上向岸边划去，上岸后，跳上战马，寻路逃跑。这时为了掩护曹丕逃跑，张辽奋力抵挡丁奉，丁奉眼疾手快，弯弓搭箭，一箭射在张辽腰上，便举刀来砍张辽。幸亏此时徐晃从边上赶来，大喝一声，截住丁奉，救下张辽逃走。这场战斗，魏军损兵折将，狼狈不堪。丁奉、孙韶缴获了大量的马匹、车仗、船只、器械，高奏凯歌回到江东。吴王孙权大喜过望，重奖徐盛、孙韶、丁奉等人，犒赏全军将士。

大破曹休

吴嘉禾二年（公元233年），魏国辽东太守公孙渊派使者向孙权称臣，孙权非常高兴。他认为和公孙渊联合夹击曹魏，可以一统天下，便派使者带重礼去辽东，加封公孙渊为燕王。张昭等人纷纷劝阻。张昭谏道：“公孙渊是一个没有信用的人，现在只是因为得罪了魏国，害怕魏王讨伐他，才远道前来向我国求救，并不值得信任。假如日后他又改变了主意，向曹叡献殷勤，杀害我国使臣，我国岂不是要被天下人耻笑？”孙权耐心说明与公孙渊联合的益处，张昭仍然坚持不派遣使者，孙权终于忍不住拍案大怒：“我一向把您当做老师看待，群臣也很尊重您，但是您总在众人面前和我作对！”张昭毫无惧色地看着孙权，说道：“我知道您不愿意采纳我的建议，但我仍然尽心尽力，这是因为太后临终前曾嘱咐我好好辅佐您啊。”说完，忍不住流下眼泪。

孙权最终还是没有听张昭的劝告，派使者去了辽东。以后，张昭非常愤怒，并以生病为借口，再也不上朝。孙权也很生气，派人用土把张昭家的门封上，不准他出来。张昭不示弱，也从里面用土把门堵塞，表示决不出来。后来，正如张昭预料的那样，公孙渊果然杀了东吴的使者，投降了曹魏。

孙权知道后，非常悔恨，立即派人把张昭家门前的土扒去，数次派人去请张昭并向他道歉。张昭就是不出来。最后孙权只好亲自到张昭的门前来请他。张昭回答自己病重，无法上朝。孙权没有办法，就叫人在门前放火，想吓唬吓唬张昭。谁知张昭非常固执，就是不见孙权。孙权令人灭了火，又在门前站了很长时间。张昭的子女觉得父亲太过分了，便把他扶出门来，孙权亲自扶张昭登上自己的车，把他带回王宫，向他作了深刻的检讨。张昭很受感动。从此，两人言归于好。

孙权痛恨公孙渊背信弃义，想亲自去讨伐他。张昭劝道："您作为一国之主，不应该轻易离开国土。何况辽东离我国很远，交通不便，孤军深入，难以取胜，倘若调走过多的军马，魏国乘虚入侵，国家就很危险。"孙权这才强忍下怒火，同意放弃讨伐。

正在这时，鄱阳太守周鲂派人送上密信。孙权仔细看完，立刻召集文武众官商议。孙权说道："前次鄱阳太守周鲂秘密上表，说魏国扬州都督曹休，经常有入侵的意思。我令周鲂暗使计策，佯装投降，引诱魏兵前来进攻，然后用伏兵战胜他们。现在周鲂上书，说曹叡已中计，发动三路人马前来，谁肯前去立功？"顾雍建议："这项重要任务，最好叫陆逊承担。"孙权立即派人召回陆逊，封为辅国大将军，领兵迎击魏军。临行前，孙权亲自为陆逊牵马执鞭，以示敬重。陆逊拜谢过孙权，率领七十多万军兵渡江北上，驻扎在皖城。左军都督朱桓献计说："曹休任人唯亲，不是一个有

智谋的将领。现在他听信周鲂的话，轻易前来冒险，必败无疑。败后可能要走两条路，一是夹石，一是挂车。这两条路都很险峻，我愿和全琮将军各自带兵埋伏在那两条小路上，用大树和石头设障，截断曹休退路，轻而易举就可活捉曹休。”陆逊摇摇头说：“这个主意不好，我自有良策。”说完，派兵遣将，安排军马，分头迎敌。

曹休带领大军，浩浩荡荡向皖城进发。周鲂迎出很远。曹休很高兴，对周鲂说：“你信中的七条建议，都非常合理，所以才上奏天子，发三路大军前来。如能一举灭吴，就是你的大功。但有人认为你足智多谋，提的建议可能是诱敌之计……当然啦，我相信你是不会骗我的。”曹休刚说完，周鲂放声大哭，抽出侍从所佩带的宝剑就要自刎。曹休急忙拉住周鲂的手，问道：“您为什么要这样？”周鲂手拿宝剑，悲愤地说道：“我提的建议，真是呕心沥血，出于一片赤诚，没想到现在反而有人怀疑我，认为是设骗局，肯定是你们中了东吴的反间计了。我的忠心，只有老天爷才知道。”说完，举剑又要自刎。曹休一把抱住周鲂，解释说：“我只是和您开个玩笑，您何必这样。”周鲂脱下帽子，用剑割下一绺头发，扔在地上，大声说：“我以一片忠心对待您，您反而和我开这种玩笑！现在割下父母给的头发，再次表白我的真心。”曹休见此，非常感动，对周鲂深信不疑，并设宴热情款待。

宴罢，周鲂起身告辞，贾逵走了进来。曹休问贾逵有什么事。贾逵说：“据我推测，东吴一定在皖城埋伏大批军马，千万不要轻易进城。”曹休勃然大怒，训斥道：“难道你想夺我的功劳不成？”贾逵回答：“不是，周鲂断发立誓，实际是在骗您。春秋时，要离砍断了自己的一条胳臂，以博取庆忌的信任，最后乘机刺杀了庆忌。周鲂也像要离一样居心叵测，请您千万不要轻信他。”曹休听后，感到这些话很晦气，怒吼道：“我正要进军攻打东吴，你却说出这种不吉利的话来。”喝令刀斧手，要将贾逵推出斩首。众将连忙求情：“还没进军，就先斩大将，恐怕不利。”曹休怒气未消，虽免贾逵一死，但削去他的兵权，令其留在后寨，不许参与军务。他自己亲自带兵去夺取皖城。周鲂心中暗暗庆幸：幸好曹休没听贾逵的；不然，我们非打败仗不可，这真是天助我成功啊！他密派心腹到皖城给陆逊送信。陆逊立刻命令众将去石亭那条狭窄的山路边埋伏，又派徐盛为先锋，占领石亭最阔的地方，摆好阵势，等待魏兵。

曹休命令周鲂带兵在前面做向导，向皖城进发。天渐渐晚了，曹休问道：“前面是什么地方？”周鲂说：“是石亭。”石亭地形险恶，道路崎岖不平，但周鲂却告诉曹休，石亭地形宽阔，可以安营扎寨。曹休传令大军驻扎石亭。第二天，哨兵慌慌张张跑来报告：“前面有无数的吴兵，挡住了去路。”曹休大惊道：“周鲂不是说没有吴兵吗？”他忙派人去找周鲂询问，谁知周鲂早已带领数十人马不知跑到哪里去了。曹休这时才恍然大悟，大叫：“上了贼子的当了！”他急令大将张普为先锋，带几千人马和吴兵交战。两阵对峙，张普耀武扬威地喊道：“贼将早早投降。”东吴大将徐盛二话没说，上前抡刀就砍，没战十几个回合，张普招架不住，勒马回跑。徐盛也不追赶。曹休听说徐盛很勇猛，

说："我有一条妙计，绝对可以战胜他。"他令张普带两万人马埋伏在石亭的南边，令薛乔带两万人马埋伏在石亭的北面，自己带一千人马去和徐盛交战。交战中假装失败，将徐盛引到北山，放炮为信号，三面夹攻，肯定能大败吴军。张普、薛乔领命带兵埋伏去了。

黄昏时分，陆逊叫来左军都督朱桓和右军都督全琮，吩咐道："你们各带三万人马，从石亭两边山路绕到曹休后寨，放火为号，我自带大军从中路冲过去，可一举抓到曹休。"朱桓、全琮立刻带人马出发。大约二更时分，朱桓率军已到曹休营寨背后，正好遇见埋伏在那儿的张普。张普不知底细，连忙过来打听消息，朱桓眼疾手快，看来了魏将，催马上前，手起一刀将张普斩落马下。魏兵丢了主将，到处乱跑。朱桓一边令追杀，一边令人在曹休营寨后放起火来。全琮带领人马绕到曹休寨后，正巧进入薛乔的埋伏圈。薛乔机灵，立刻展开厮杀，两支人马混战在一起。但薛乔不是全琮的对手，战不久便逃了。朱桓、全琮合兵一处，杀入魏兵营寨。魏兵顿时乱作一团。曹休见大势已去，慌忙上马，往山边的小路奔逃。徐盛看见曹营起火，依计从正面冲杀过来，直杀得曹兵丢铠弃甲。曹休仓皇逃跑，多亏贾逵带兵赶来救援，才脱离了危险。他又后悔又害怕，又感到惭愧，叹了口气，对贾逵说："当初我没听您的话，今天果然遭到惨败。"贾逵连忙说："我事先早已料到周鲂有诈，所以早已做好救援的准备。现在事已如此，别的就不说了，快随我退出这条山路。假如吴兵再用大树、山石阻塞道路，我们就一个也回不去了。"曹休一听，急忙纵马而逃。贾逵在后面仔细察看了一下地形，命令军士们将旌旗或隐或现地插在茂密的树林中和险峻的山路边，迷惑追兵，然后才率军撤回。等徐盛发现曹休逃跑，带人马追来的时候，他发现这里地势险要，山路崎岖，并且山坡上树林中隐隐约约露出战旗，便起了疑心，再仔细察看一下，仍然不能确定前方是否有伏兵，没敢轻易前进，只好带着人马回营。

陆逊稳坐营寨中，不断接到徐盛、朱桓等人的捷报。吴军大获全胜，缴获了无数的战车、牛马驴骡、粮草器械。陆逊高高兴兴地和周鲂一起带领军队回归江东。孙权听到消息，亲自带领文武百官来到都城外迎接凯旋的军队。两人并马回城。孙权大摆筵席，犒赏所有将士。当发现周鲂的头发长短不齐时，他便离开座位，走近问道：“听说你断发赚敌，虽头发短了，却立了头等功勋，可以青史留名啊！”随后加封周鲂为关内侯，下令三军将士共同庆祝这次胜利。

登基称帝

魏黄武八年（公元229年），蜀汉丞相诸葛亮二出祁山，大破魏都督曹真。消息传到江东，东吴群臣纷纷劝孙权兴师伐魏，图取中原。张昭奏道："最近地方报告，武昌的东山上，飞来了凤凰；在长江中，多次出现黄龙。这都是非常吉利的征兆。主公像唐尧、虞舜一样品德高尚，像周文王、周武王一样英明，应当先即皇帝位，然后兴师伐魏。"文武百官纷纷说道："子布说得很对。"孙权心中很高兴，便选择吉日，在武昌（今湖北武汉）城南郊筑起高坛。文武百官衣帽一新，请吴主孙权登坛即皇帝位，孙权祭拜天地，正式登基称帝。群臣大礼参拜，高呼"万岁"。于是改黄武八年为吴黄龙元年。追封父亲孙坚为武烈皇帝，母亲吴氏为武烈皇后，兄长孙策为长沙桓王。立长子孙登为皇太子。任命诸葛瑾长子诸葛恪为太子左辅，张昭次子张休为太子右弼。授命顾雍为丞相，陆逊为大将军。定都建业。

孙权称帝后，群臣共议伐魏的计划。张昭说道："陛下才登宝座，不可轻易动刀兵。只应当增设学校，安抚百姓。派遣使者入川，与蜀国重修盟好，共分天下。统一大业一时难以完成，可以慢慢想办法。"孙权同意张昭的意见，便派

遣使者入蜀，通知后主刘禅，刘禅便派人告诉诸葛亮。诸葛亮上奏后主："可以派人带上礼物，去吴国表示祝贺。并请吴主命陆逊出师伐魏。曹叡一定会派司马懿抵御陆逊。如果那样，我就可以再出祁山，攻取长安。"后主听了诸葛亮的建议，就派使者带上珍贵的千里马、金珠、玉带等珍宝，去吴国祝贺。使者到了吴国，递上国书，孙权很高兴，设宴款待。使者返回后，孙权才召来陆逊，告诉他诸葛亮约他兴兵伐魏的事情。陆逊一听，立即答道："这又是诸葛亮的计谋，让我们牵制司马懿。不过既然两国结为盟友，不能拒绝他。现在可以虚张声势，与西蜀遥遥呼应。等到蜀军拖住了魏兵，我们就可以乘势图取中原。"孙权笑道："好，就这么办。"

陆逊按计策行事。孙权便下令大赦天下，减免赋税，奖励农耕，安抚百姓。由于东吴已建立了一支强大的水军部队，孙权便派人远航朝鲜半岛和南海，开辟海上通道，并首次到达宝岛台湾。

黄龙二年，诸葛亮再出祁山。孙权也分兵三路，讨伐魏国。他派陆逊驻扎在江夏，诸葛瑾屯兵沔口，孙韶出师北上，孙权亲领大军，围攻魏国的合淝新城。魏帝曹叡接到报告，急令司马懿领兵阻击诸葛亮。他亲自率领水师来抵御孙权。

孙权正领军马强攻合淝，忽接探马报告，诸葛瑾被魏军劫营，损失惨重。孙权心中一惊，忙问详情。原来曹叡带着满宠率大军救合淝。满宠先带兵到巢湖口，看见东岸停泊着无数战船，旌旗在风中猎猎飘扬。满宠观察了一会儿，回军禀报魏主：“吴兵认为我军远道而来，人马疲惫，肯定没有防备。今天夜里可以乘机去劫他们水寨，一定能获得全胜。”曹叡点点头说：“你说得很合乎我的心意。”就命令骁将张球领五千兵，各带火具，从湖口进攻；满宠引兵五千，从东岸攻击。

当天夜里，满宠、张球各自领兵悄悄出发，到吴军水寨时，还没人发觉。魏军齐声呐喊，一起冲入吴营，四处放火，很多战船、粮草都被烧了。吴兵毫无防备，一时惊慌失措，无法反攻，诸葛瑾只好率兵后撤。

孙权听完，眉头一皱。探马又报：陆逊将军本来打算请陛下撤合淝新城之围，率兵切断魏军归路，陆将军指挥大军从正面冲击，使魏军首尾不能相顾，必定大胜曹叡。孙权认为这是个好主意。可是，前来送信的使者不幸半道中被魏兵抓获，计谋已经泄露。孙权长叹一声，知道这次出兵不会取得多大的胜利了，便下令撤军，命人通知陆逊、诸葛瑾。

诸葛瑾得知孙权已班师回吴，见天气炎热，很多士卒都生了病，便派人给陆逊送信，商议收军回国。陆逊看完信，对使者说：“回禀将军，我已知道了。”使者回去如实报告了诸葛瑾。诸葛瑾有些疑惑，便问道：“陆将军在做什么？”使者迟疑了一下，面带困惑地说：“陆将军指挥军士们在营外的空地里种豆子，他自己和各位将军在辕门外射箭游戏。”诸葛瑾大惊，不知陆逊想干什么，便亲自来见陆逊。问道：“现在曹叡亲自领兵前来，兵强马壮，不知都督打算怎么对付他们？”陆逊说：“我上次派人给陛下送信，约好前后夹攻，不幸被敌人截获，计谋已经泄露，魏兵一定

有所准备。现在再和他们开仗，很难取胜，不如退兵。”诸葛瑾说道：“既然都督有此打算，就应该抓紧时间退兵，干吗又在这里拖延时间？”陆逊回答：“既然我们要退兵，就必须慢慢来。如果立即就退，曹叡必然乘势追赶，到时候一定会大败。目前，你最好督领水军，假装要和他们抵抗到底，我带领兵马向襄阳进发，迷惑他们，使魏军无法判断我们的真正意图，然后再缓缓退回江东，曹叡肯定不敢袭击我们。”诸葛瑾这才恍然大悟，按照陆逊的计划，回营整顿水军，开船起航。陆逊也点齐人马，大造声势，浩浩荡荡向襄阳进发。

曹叡接到报告，沉吟未决。魏军纷纷要求出战，曹叡摇摇头说：“陆逊为人诡计多端。难保这次不是诱敌之计，不可轻举妄动。”众将只好退下。过了几天，探马又报：“东吴三路人马全都撤军了。”曹叡不相信，又令人去打探，吴军果然已经撤回江东，曹叡叹息道：“陆逊用兵，不亚于古代的孙武、吴起。看来东吴很难消灭啊！”

诸葛亮在祁山，听报孙权三路大军都已无功而返，长叹一声，感伤不已。他最终没能完成伐魏大业，病逝在五丈原。诸葛亮死后，蜀军撤回西川。一时间，三国都未兴兵，相安无事。因为长期打仗，士兵和百姓都很辛苦，吴主孙权下诏，暂停一切武事，让百姓休养生息。第二年，曹叡因为没有战事，在国内大兴土木，派使者用大批良马与吴国交换珠玑、翡翠、玳瑁等奢侈品。东吴文武百官纷纷主张予以拒绝。孙权笑道：“天下不太平，曹叡不知抚恤百姓，劳民伤财，必不能长久。珠玑这些东西，对我们来说，一点用处也没有，而良马却是征战必备之物，为什么不换给他？”便决定与魏交换。

江东经济渐渐发展，百姓生活逐渐安宁。孙权见兵力强盛，便不顾臣下的劝阻，数次派兵伐魏，进取中原。只可惜，一直没有取得多大的战果，身体却越来越差，看来他是无法完成统一大业了。

大帝之死

吴侯孙权于公元229年称帝，建立吴国，史称“吴大帝”。吴太元元年（公元251年）秋的一天夜里，孙权静卧房中，听狂风一直在呼啸。第二天早晨起来一看，太阳高高挂在天上，可是城中到处都是一米多深的积水。人们议论纷纷。孙权也有一种不祥之感。他命令侍从准备好丰盛的祭品，中午时，他要和文武百官一起祈祷天地，保佑吴国平安。侍从出去不久，匆匆回来报告：先主的陵墓已经遭狂风毁坏。孙权大吃一惊，不顾众人劝阻，骑马涉水前去察看。刚出南门，就见通往先主陵墓的大道上，横七竖八堆满了合抱粗的松柏。他心中慌乱，下令侍从立刻移树开道，飞马奔向先主陵墓。到那儿一看，孙权当时就愣住了：陵墓中绵延数十亩的百年松柏，已无影无踪，到处一片狼藉。孙权慢慢走进去，巡视着残破的陵地，感觉身上阵阵发冷。他再也支持不住，在侍从的护送下回到王宫。七十高龄的孙权经受这场惊吓，又受了风寒，一病不起。

半年过去了，孙权的病仍不见好转。因此，这位征战一生的英雄，决定为国家寻找一个合适的继承人。他的长子孙登，胸怀宽广，谦逊知礼，富有才干，孙权称帝时已被立为太子。孙登在父亲身边，刻苦学习治国经验，可惜不久，他就夭折了。孙权因此还痛苦了很长时间。之后，他重立了三子孙和为太子。孙和正直忠厚，但没有多少魄力。孙权听信别人的挑拨，没仔细考虑，就把孙和给废了。孙和因失去父亲的宠爱，抑郁而亡。此后，孙权便没有再立太子。时至现在，孙权必须慎重考虑这个问题了。他几经思索，最终选择了小儿子孙亮。

孙亮这时只有十二岁，却是一个聪明仁爱的少年。一次，他在梅林中散步，忽然想吃梅子，梅子很酸，便叫跟随的侍从去取蜂蜜。哪知取来蜂蜜坛一看，里面有几粒老鼠屎。孙亮很生气，立刻命人叫来看守仓库的仓吏，当众斥责他不尽职，以致仓库中的东西遭到损坏。仓吏辩解说："蜜坛一向都封得好好的，怎么可能有老鼠屎！"孙亮想了一下，问道："我的侍从是否私下向你要过蜂蜜？"仓吏忙说："要过！要过！但我没敢给他。"孙亮立刻转向侍从，愤怒地说："太不像话！他不给你蜂蜜，你就报复他，是不是？"侍从大叫冤枉，发誓说没有这样的事。孙亮笑了笑，说："这件事很容易分辨，如果鼠粪很久前就在蜜中，那它里面、外面部一定都是湿的；如果才放进去不久，一定外面湿而里面干。"说完，命侍从取出鼠粪，剖开检查，果然里面是干的。侍从吓得赶紧跪在地上求饶，孙亮严肃地说："这件事虽然只是件小事，但你小小年纪，竟想出坏心思陷害别人，却是太不可饶恕了。"他下令将侍从立即赶出王宫。孙权听说这件事后，很欣赏孙亮的聪明。

第二年四月，孙权生命垂危。这时，军国大事都由诸葛

瑾的儿子诸葛恪掌管。诸葛恪小时候也很聪明。一次，孙权在宴会上和诸葛瑾开玩笑，令人牵来一头驴，在驴脸上写下“诸葛瑾”三字，嘲笑诸葛瑾脸长。当时，诸葛恪才七岁，正好随父亲一起来赴宴。他看后便要求加两个字。孙权和文武百官都很惊奇，议论这个小孩子胆量不小，都想看他加什么。诸葛恪不慌不忙拿笔在“诸葛瑾”三字后加上“之驴”两字。于是，这头驴就成了诸葛瑾的驴。孙权哈哈大笑，觉得这孩子太聪明了，当时就把驴赏给了他。诸葛恪长大后，孙权便想重用他。诸葛瑾劝孙权说这孩子聪明过人，恃才傲物，不能重用。孙权却根本听不进去。临终前，孙权召来诸葛恪，嘱咐他好好辅佐孙亮，谦虚待人，千万不能过于傲慢。诸葛恪含泪答应。望着年少的儿子，孙权实在放心不下，但他这时也没有别的办法了。孙权病逝，享年七十一岁。

孙权死后，东吴政权经过了一番动荡和波折。先是诸葛恪权威过重，欺压群臣，最后被王室宗亲孙峻设计杀害。孙峻自恃有功，紧握兵权，根本不把孙亮放在眼中，致使聪明的皇帝一直无法施展才华。孙峻死后，又将兵权移交给弟弟孙綝。孙綝为人非常残暴，较孙峻有过之而无不及。朝中大臣敢怒而不敢言。孙亮忍无可忍，决定除掉孙綝，然而却没有得力的人帮助他。后来，事情泄露，孙綝竟将孙亮废了，重立孙权的六子孙休为帝。孙休吸取了孙亮的教训，表面上对国家大事不闻不问，一切交给孙綝处理，对待孙綝态度谦

恭。暗地里，他却召来父亲手下的老将丁奉，暗施密计，杀掉了孙綝。孙休任用贤才，加强练兵，东吴渐渐走上了中兴的道路。

公元263年，西蜀后主刘禅投降魏国，蜀国灭亡。公元265年，司马懿之孙司马炎废掉魏帝，建立晋朝。孙休独立支撑东吴，心力交瘁，又担心东吴无法抗拒晋朝的进攻，忧虑成疾，在位仅七年，就与世长辞了。

因为孙休的儿子太小，孙权的孙子孙皓被群臣立为皇帝。孙皓颇有才干，雄心勃勃地准备重振东吴。然而即位不久，便开始宠信宦官，沉溺于酒色之中，不能自拔。他的性格又非常凶暴，朝中大臣有敢提意见的，就立刻将他斩首示众。贤能之士纷纷离开朝廷，回乡隐居。孙皓从此更加为所欲为。他大兴土木，侵扰百姓，将精壮的劳动力都抓去当兵，朝廷内外，怨声载道。为了平息民愤，他不顾实际情况，勒令陆逊之子、大将军陆抗起兵伐晋。陆抗上书，婉言劝孙皓不要轻易发动战争，要实行德政。孙皓大发雷霆，当即剥夺陆抗的兵权。丁奉、陆抗等忠臣眼看着东吴日渐衰落，忧郁身亡。忠臣死后，孙皓一日比一日残暴，大失民心。

晋朝皇帝见此情况，趁机起兵伐吴。吴国各城守将虽奋力抵抗，然而，百姓们已对孙皓失望，纷纷投降晋朝。晋军很快包围了东吴都城建业。孙皓这才幡然悔悟。他处死误国的宦官，将所有御林军派出迎战。但大势已去，一切努力都无法扭转败局了。孙皓追悔莫及，准备拔剑自刎，被大臣劝阻。他后来仿效蜀后主刘禅，出城投降。公元280年，晋朝统一天下，结束了三国鼎立的局面。

吴主孙权十八岁接领江东，四十七岁称帝，七十一岁去世，统治江东五十多年，在内政、外交、军事、经济各个方面都有卓越的建树，是三国时期最重要的政治家之一。他聪明仁智，知人善任，广开言路，形成了一种君臣和谐、休戚与共的良好局面；在外交上，灵活机变，几乎从来没有失败的政策；在军事上，他建立了完整的长江防御体系，开拓疆土，虎踞江南，雄视天下；在经济上，他重视发展农业，带领族人，亲自耕作，还把为自己拉车的牛分下去进行农耕，为以后中国经济发展重心由黄河流域转移到长江流域打下坚实的基础。他还多次派人远航朝鲜半岛和南海，首次开辟了海上的通道。

孙权在江东的杰出统治，曾使一代枭雄曹操感叹道："生子当如孙仲谋！"魏帝曹丕也认为江东有能人，难以消灭东吴。到了后世，孙权的历史功绩也多次被人称颂。南宋爱国将领、著名词人辛弃疾就非常仰慕孙权建立的英雄业绩，特别赞赏孙权能不拘一格选用人才。他感叹道："千古江山，英雄无觅孙仲谋处。"；"年少万兜鍪，坐断东南战未休。天下英雄谁敌手？曹刘。生子当如孙仲谋。"南宋刘克庄也在《吴大帝庙》中写道："今人浑忘却，江左是谁开？"认为孙权是使江东繁荣鼎盛的真正英雄。如今，孙权的历史功勋也渐渐受到重视，在孙权的家乡浙江富阳，人们为吴大帝塑像，并建吴大帝庙来纪念这位为江南发展做出重要贡献的杰出帝王。

孙权

风云三国进阶攻略

★吴国的形势图

吴主孙权十八岁接领江东，四十七岁称帝，七十一岁去世，统治江东五十多年。他胸怀大志，性格开朗，办事果断，经过几十年的励精图治，终于创建了独霸江东的伟业。登基之后，他对江南的经济文化都做出杰出的贡献。但是，晚年的孙权却变得多疑专断，迷信鬼神；偏听偏信，无故杀人。所以，在他统治的后期，吴国已经开始从鼎盛走向衰落。孙权死后，吴国王室的宗亲子孙们为了权力相互残杀，国力大减，最终被晋国所灭。子孙的不仁不惠，再联想到当年曹操“生子当如孙仲谋”的赞语，不由得让人感慨万千。

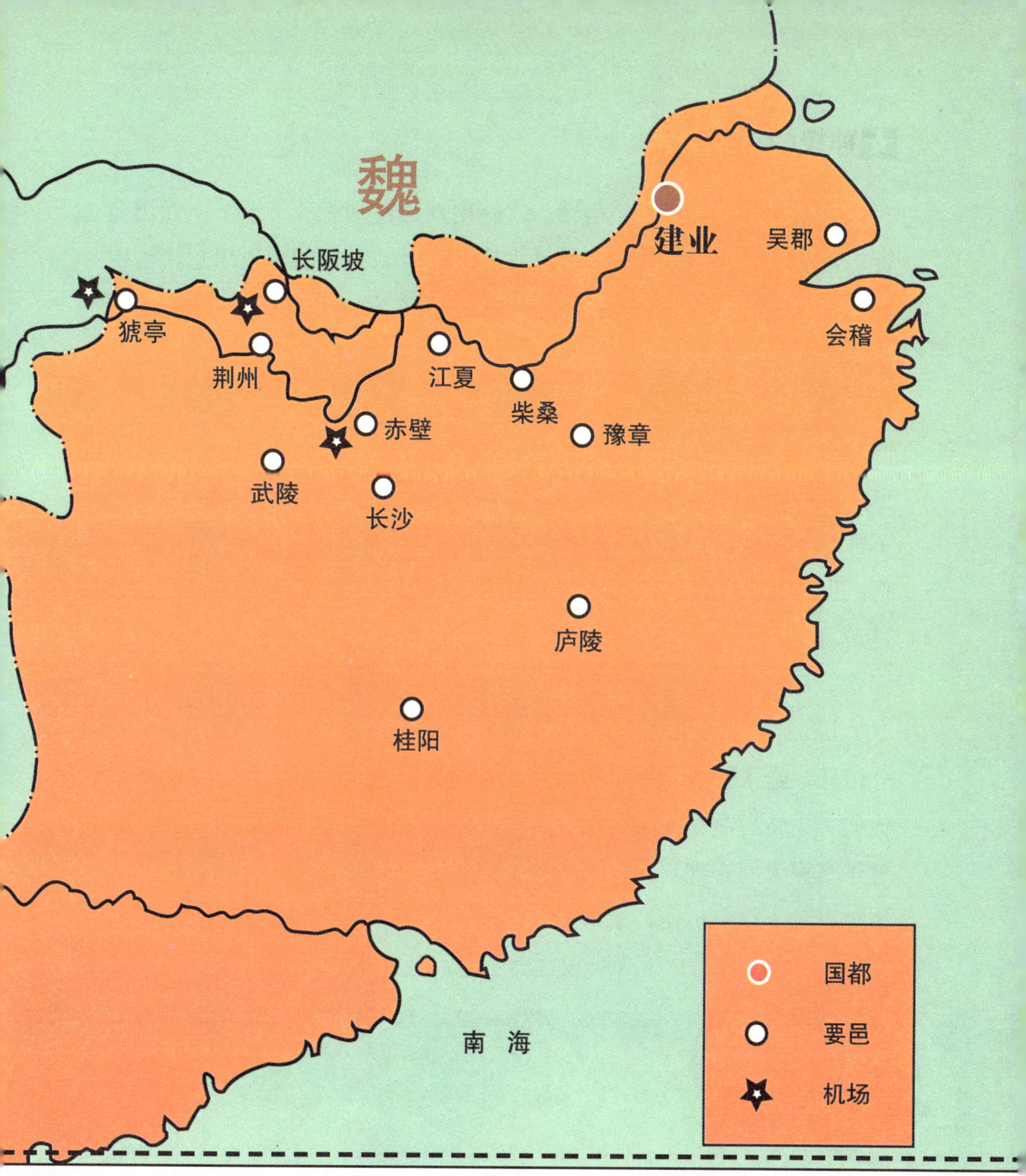

吴国帝系表:

吴武烈帝孙坚——1大帝孙权（229～252）┬孙和——4乌程侯孙晧（264～280）
├2废帝孙亮（252～258）
└3景帝孙休（258～264）

★孙权的用人之术

孙权曾经说过这样一句话："能用众力，则无敌于天下；能用众智，则无畏于生人矣。"这句话大概最能反映孙权的用人思想，运用大家的力量和智慧为自己服务。从《三国演义》中可以看出，孙权的用人之术有两个特点：

其一，敢于不断地、连续地起用一批年轻有为的将领，放手让他们大胆去干。鲁肃被周瑜推荐给孙权时，年仅二十岁，孙权却非常敬重他，与之谈论，终日不倦，夜间同榻抵足而眠；吕蒙本是一个低阶军官，因有勇有谋，治兵极严，才二十七岁就被孙权提拔为横野中郎将。但吕蒙文化程度不高，孙权就亲自给他开书单，督促他学习，透过学习，吕蒙果然学识大增，后来击败关羽，为东吴实现全据长江的目标立了大功。

其二，善于驾驭人才。孙权深谙用人之道，对所用的人，都能充分信任，给予他们足够的权力。如任命周瑜、陆逊为都督时，都赋予他们"先斩后奏"之权，对他们的决策也不过多干预。同时，孙权还善于掌握人的心理，懂得运用荣誉、金钱等手段来笼络将士。如下马迎鲁肃，为周泰敷伤，筑坛拜陆逊为将，这些行为都能让将士深受鼓舞，正如孙盛所言："观孙权之养士也，倾心竭志以求其死力。"

★孙权的治国之术

在历史上，孙权还是一位治国有方的明君。在称帝前后，他在江淮一带大规模屯田，在今天的浙江境内兴修水利，又从北方引进较为先进的农耕技术，促进了长江下游地区的开发。

吴国还重视和南海各地的联系。公元230年，孙权派卫温、诸葛直率领载兵万人的大船队渡海到了夷州，许多学者都认为夷州就是现在的台湾，这是中国经营台湾最早的记载。公元233年，又曾派康泰、朱应出使南海诸国，所经之地，据传有百数十国。他们回国后，朱应写了《扶南异物志》，康泰写了《吴时外国传》、《扶南土俗传》等书，介绍南海诸国的情况。这些书现在均已散佚，但是当时的吴国借着这些书，对南海各地的认识却大为增加。

★草船借箭的真正版本

说到“草船借箭”，人们都知道是诸葛亮的杰作。

可惜，小说家的想象力驰骋纵横，却背离史实甚远。遍查史书，并不见诸葛亮草船借箭的记载。

三国时代，真正“借箭”的人是孙权，时间在赤壁大战之后，且与赤壁这个地点无关。事情发生于曹操与孙权在濡须口对峙期间。

曹军南征，却因攻势受阻，坚守不出。孙权为了探察曹操水军的部署及虚实，冒险乘大船察看曹军水寨，不幸被发现。

曹营乱箭齐发，箭如雨下，落在孙权船上。孙权虽未中箭，但面向曹营的船身，因落箭太多而倾斜，随时可能翻覆。

千钧一发之际，孙权急中生智，下令回转船身，让另一边也受箭。于是两边中箭的数量相当，船只平衡，恢复平稳，不仅安然脱险，还意外获得曹军的箭支，曹操恨得牙痒痒。

后来孙权再度乘轻船来探。曹营诸将领争相出击，曹操怕再上当，只守不出，并且下令弓弩不得妄发。孙权鼓声大作，从容而回。

《三国演义》的作者罗贯中后来把这段史实移植到诸葛亮身上，经过加工夸饰，成为“草船借箭”的故事。

★武昌鱼

肉味腴美的武昌鱼（亦称团头鲂），历来被视为席上佳品。然而，武昌鱼为何叫武昌鱼，它指的是哪一种鱼，却鲜为人知。要搞清楚武昌鱼的由来，自然要追溯到武昌鱼得名的历史。

武昌鱼的名称始于三国时期。它的得名与东吴故都古武昌有关。由于孙权、曹操、刘备争夺长江中游统治权，东吴的统治中心是迁徙不定的。东吴最早（公元195～208年）的统治中心是吴郡（今江苏苏州）；赤壁大战前夕迁往京口（今江苏镇江）；公元212年迁往秣陵。赤壁大战以后，孙权有一年多的时间住在陆口（今湖北嘉鱼西南）；在消灭蜀汉大将关羽的军队，并重占荆州之后，孙权又在公安（今湖北公安）住了两年。待荆州局势稳定下来，孙权于公元221年把统治中心从公安迁往当时的鄂县（今湖北鄂州南），取“以武而昌”之义，改鄂县为武昌县，并于同年农历八月修筑了武昌城，俗称“吴王城”。

孙权之所以建都武昌，是为了“拒魏师渡江”，因为“武昌北枕长江，古称天堑，岸峭浪恶，不可泊舟，奸细无所藏匿”，实为江浙的外蔽地。至今，鄂州市仍保留有“吴王城”遗址。

当时的武昌，南方多山，东、西两侧襟江带湖，水面旷阔，鱼多，野兽也多，而人口却很稀少。因此，孙权来此后不久，从建业迁了一千家居民来武昌。这批迁客在武昌住了一段时间，感到各方面都不适应，便闹着要回建业（今南京）。这就是史书上所说的，“吴既定于鄂，徙建业民千家居之”，因此有“宁饮建业水，不食武昌鱼；宁还建业死，不止武昌居”之谣。公元229年，孙权便把都城从武昌迁往建业，一直在位到公元252年。王位传到东吴末帝孙皓之时，公元265年9月到266年12月，又发生了把都城从建业迁往武昌并折回之事。由于孙皓迁都武昌“扬土百姓，溯流供给，以为患苦；又政事多谬，黎元穷匮”，便出现了266年刚从嘉兴侯迁左丞相的陆凯上疏一事。陆凯在陈述了武昌不能成为都城的许多理由之后，引用了“宁饮建业水，不食武昌鱼；宁还建业死，不止武昌居”的童谣。这首童谣，既记述了这段历史事实，同时也是武昌鱼最早见诸文字的依据。

★晚年的孙权

晚年的孙权昏聩荒淫，刚愎猜忌，宠信吕壹，残杀忠良，丞相顾雍无辜被杀，连屡建大功的陆逊也“同心忧之，言至流涕”，最后“忧恚而死”。《三国演义》对孙权后期的所作所为没有详细描写，但历史上孙权善始而不能善终的教训还是发人深省的。

★孙权的父亲孙坚

在元杂剧“虎牢关三英战吕布”中，一位丑角上场时这样介绍自己：“我做将军世稀有，无人与我做敌手。听得临阵肚里疼，吃上几盅热烧酒。”这位丑角将军是谁呢？原来竟是孙权的父亲孙坚。但在《三国演义》和《三国志》中，孙坚却是一位骁勇善战、很有英雄气概的人物。在讨伐董卓的战斗中，他不像其他军阀那样踯躅不前，而是一马当先，杀了董卓的都督华雄（这一功劳被罗贯中划到了关羽那里）；在攻打洛阳时，又击败了吕布，被称为“江东猛虎”，成为董卓最惧怕的人。但在元杂剧和《三国志平话》中，孙坚却被描绘成一个嫉贤妒能的油滑小丑，这不能不说是故意歪曲。

南京孙权墓

★吴国的官制组成和特点

吴国官制大多上承两汉官制，但其职权却略有不同，职权是按当时政策方针而有所调整。

官名	内　　容	属　　官
丞相	置左右丞相，此与魏、蜀不同。	
太傅	不常置，孙权临终时，命诸葛恪为太傅。	
大司马	置左右大司马，掌武事。朱然曾为左大司马，全琮曾为右大司马。	
大司农	掌钱谷、金帛、货币。	典农校尉、都尉、节度
上大将军 大将军	掌征伐，陆逊曾为上大将军，诸葛恪为大将军。	

官名	内　　容	属　　官
太尉	典兵狱。	
廷尉	掌刑狱。	
司徒	主民事。	
司空	掌水上。	
骠骑将军 车骑将军	不常置。	
领军将军 左右领军	掌领禁卫诸军。	中左右护军，武卫，步兵、屯骑、越骑、长水、射声五校尉。
光禄大夫	掌劝善规过。	

官名	内　　容	属　　官
尚书令 尚书仆射	尚书令总典纲纪，无所不统。尚书仆射主门封，掌授禀，假钱谷。	郎中。
中书监 中书令	监典尚书奏事，令平尚书奏事，同掌机密。	中书郎、左右国史。
太子太傅 太子少傅	掌辅导太子。又置有太子宾客、左辅都尉、右弼都尉、辅正都尉、翼正都尉、辅义都尉、左右部督。	中庶子、庶子。
散骑中常侍	掌“规谏”。又有散骑侍郎。	
侍中	出入侍从，备顾问，或拾遗补阙。	
秘书监	典司图籍。	秘书郎、主书、主图、主书令史。

官名	内　　容	属　　官
太常	掌礼仪祭祀。	博士祭酒、太史令、太庙令、园邑令。
光禄勋	掌宿卫宫殿门户。	五官中郎将、左右中郎将、南北中郎将、羽林督、奉车都尉、驸马都尉、骑都尉、太中大夫、中散大夫、议郎，绕帐督、帐下左右都督。
卫尉	掌徼巡宫中。	
御史大夫	掌受公卿奏事，举劾弹章，又置左右御史大夫，永安五年（公元262年）以廷尉孙密、光禄勋孟宗分为之。	中执法、左执法、侍御史、监农御史。
执金吾	掌徼巡京师。	武库令。

★假如我是孙权

历史上，孙权的长相是碧眼紫髯，颇有几分像外国人。你长得像他吗？像不像都没关系，把自己想象成孙权，看看在这样的情形下，应该怎么办：

1.

在父兄皆亡，需要独立接管江东，而自己只有十八岁，你会不会感到内心茫然？

2.

当部下凌统和甘宁有杀父之仇，军中出现不和时，你应该如何协调？

3.

在曹操大军侵犯江南，吴国重臣分为主战与主降两派时，你选择是战还是降？

4.

在自己的对手兼妹夫——刘备，赖着不还荆州时，你会采取怎样的对策？

5.

在刘备率领七十万大军为关羽报仇时，你是否敢起用毫无资历的陆逊为大都督？